그립소

이렇게 소들은 소년을 키웠다

유 병 록 산 문 집

그립소

이렇게 소들은 소년을 키웠다

ㄴㄴ〉〈ㄷㄴ

차례

2부   소를 타고 왔소

소
문
을

열
다

소년과 소

어머니와 아버지는 1976년에 결혼해서 살다가 몇 년이 지나서 근처로 이사했습니다. 디귿자(ㄷ) 모양으로 집을 지었는데 살림집을 중심으로 오른쪽에는 소를 키우는 외양간을 짓고 왼쪽에는 농작물을 보관하는 창고를 지었습니다. 그 가운데는 흙마당이었습니다. 1982년 5월 충북 옥천의 시골 마을에 있는 그 집에서 제가 태어났습니다.

우리집에서는 사람과 여러 동물이 함께 어울려 살았습니다. 안

방에는 할머니와 할아버지가, 윗방에는 큰누나와 작은누나가, 건넌방에는 어머니와 아버지가, 사랑방에는 형과 제가 살았습니다.

개는 마당 입구에서 든든한 모습으로 집을 지켰습니다. 마당을 돌아다니며 벌레를 잡아먹던 닭은 가끔씩 지붕 위로 올라가서 날갯짓을 하며 날아올랐다가 마당으로 내려왔습니다. 병아리들은 노랑노랑 줄지어 집 주위를 돌아다녔습니다. 손바닥만한 귀여운 새끼 돼지는 몇 번 꿀꿀거리고 나면 어느새 커다란 돼지가 되었습니다. 어린 날의 제가 틈날 때마다 풀을 뜯어다 넣어주면 토끼가 쫑긋쫑긋 맛있게 먹었습니다. 새로운 농사법에 관심을 가진 아버지가 오리를 데려다가 키운 적도 있고, 우리가 기른 것은 아니지만 구렁이나 두꺼비가 한참을 살다가 간 적도 있습니다.

무엇보다도 우리집에는 소가 있었습니다. 살림집 못지않게 널찍한 외양간을 차지하고서 우리 가족과 함께 어엿하게 어울려서 살았습니다. 나중에는 마릿수가 늘어나서 집 옆에 따로 축사를 지었습니다. 사람과 소가 이웃하고 살았습니다.

시골 마을에서 어른들은 늘 논밭에서 일하느라 바빴으므로 가축을 보살피는 일은 아이들에게 맡겨지곤 했습니다. 저도 소를 키우는 일에 힘을 보탰습니다. 여물과 사료를 주고 물을 주고 똥을 치웠습니다. 가끔은 소가 송아지를 낳는 일을 돕기도 했습니다.

소는 시골에서 큰 재산입니다. 우리집에서도 당연히 소중한 재산이었습니다. 가족 모두가 애지중지하며 보살폈습니다. 소가 송아지를 낳아서 마릿수를 늘려가다가 목돈이 필요한 일이 생기면 읍내 우시장에 소를 내다팔았습니다. 소를 팔아서 땅을 사고 학비를 대고 자취방을 얻었습니다.

소년은 소를 키우고 소는 소년을 키웠습니다.

지금은 고향에서 멀리 떨어진 곳에서 살고 있습니다. 고향에는 할머니와 부모님이 살고 있습니다. 소들도 함께 살고 있습니다. 밥 때가 되어 소에게 여물을 주고 나서 물끄러미 바라보면, 30년 전이나 지금이나 소들은 그 깊고 순한 눈빛으로 저를 바라봅니다. 그 눈동자에 얼핏 지금의 제 모습이 비치기도 하는데 오래 들여다보면 어린 시절의 저도 보이는 것도 같습니다.

이 책은 제 눈에 비친 소에 관한 이야기입니다. 그리고 소의 눈에 비친 저에 관한 이야기입니다.

1부
—

소
와

함
께

살
았
소

저물녘

내 몸집보다

몇 배는 큰 소를 끌고

풀 먹이러 간다

느릿느릿 식사가 끝나고

집으로 돌아와

아버지가 일러준 대로

매듭을 지어

외양간 기둥에 고삐를 맨다

아버지처럼

마당 수돗가에서

손 씻고 발 닦고

대야는 부셔서 기대어두고

저녁 먹으러 가는

뿌듯한 저물녘

함께 걷던 밤

읍내에서는 5일마다 소를 사고파는 우시장이 열렸다. 우리집은 가끔 소를 사오는 일도 있었지만 대개 내다파는 일이 잦았다. 어미 소가 낳은 송아지를 잘 키워서 내다팔면 목돈을 마련할 수 있었다. 그 돈으로 농협 빚을 갚고, 사료 대금을 내고, 우리 4남매의 학비를 댔다.

우시장은 동이 틀 무렵에 열렸다. 소를 내다팔자면 해가 뜨기 전에 소를 외양간 밖으로 몰고 나와서 트럭에 태우고 읍내로 가야 했다.

소는 평소에 온순하기 이를 데 없는 짐승이다. 여물을 주면 가만히 여물을 먹고, 고삐를 묶어두면 그것을 풀려고 애쓰는 일도 별로 없다. 가끔 송아지가 외양간 밖으로 뛰어나가서 논이나 밭을 헤집고 다닐 때도 있지만, 보통은 조용하고 온순하게 지낸다.

하지만 우시장에 내다팔기 위해서 새벽녘에 트럭에 태우노라면 그렇게 사나울 수가 없다. 일단은 외양간에서 끌어내는 일도 여간 힘들지 않다. 어른 서너 명이 힘을 다하고 어르고 달래고 해야 겨우 트럭 코앞까지 끌어올 수 있다. 트럭에 태우는 일은 더욱 힘들다. 소는 거친 숨을 내뿜고 고래고래 소리를 지르며 트럭에 타지 않으려 애쓴다. 팔려가는 소뿐만이 아니다. 외양간에 있는 소들도 덩달아 소리를 지른다. 그러면 새벽의 고요함은 온데간데없고, 온 동네가 떠나가라 시끄럽다.

소는 끝까지 버티려고 애쓰지만 결국 사람이 이긴다. 소는 조금씩 끌려가서 결국 트럭에 실리고 만다. 트럭은 문을 닫고 읍내 우시장을 향해 출발한다.

트럭에 타는 소든 외양간에 남는 소든, 그것이 영영 이별이라는 것을 아는 듯싶다. 소는 영특한 동물이니까 모를 리가 없다. 평소와 다르게 새벽녘에 소를 끌어내는 건 너무 낯선 일이니까. 사람이 살살 어르고 달래는 대신에 거칠게 완력을 쓰는 건 자주 있는 일이 아니니까.

그날도 소를 내다파는 날이었다. 밖이 소란스러웠다. 눈을 비비며 밖으로 나갔다. 아직 해가 뜨지 않은 새벽이었다. 차가운 바람에 금세 정신을 차렸다. 마당 앞쪽에 파란색 트럭이 불을 밝히고 서 있었다. 소 한 마리가 외양간에서 끌려나오지 않기 위해 버텼다. 자세히 보니 일소였다. 할아버지가 잘 길들여서 논밭을 오가며 일을 시키던 소였다.

우리집에는 두 마리의 일소가 있었다. 예전이라면 두 마리 모두가 논밭을 오가며 일했겠지만, 이제 경운기가 있었다. 경운기가 오가기 힘든 비탈밭에서 농사를 짓자면 여전히 일소가 필요하기는 했지만 한 마리면 충분했다. 그래서 한 마리를 내다팔기로 했던 것이다.

평소에 논밭을 오가고 달구지도 끌던 그 순한 일소 역시 트럭에 타기 싫은 모양이었다. 사방을 들이받고 소리 높여 울어댔다. 줄에 묶여 조금씩 트럭에 가까워지는 일소 곁에서 송아지 한 마리도 울어댔다. 일소가 낳은 송아지였다. 어미와 새끼를 갈라놓는 일이었지만, 그것은 자주 있는 일이었다.

트럭은 일소를 싣고 떠났다. 아버지가 그 트럭을 타고 우시장으로 갔다. 나는 할아버지와 함께 어수선한 마당을 정리하고 방으로 들어와서 아침을 먹었다. 얼마쯤 시간이 지나자 외양간은 조용해졌다. 그리고 소를 잊었다.

   1년쯤 지난 어느 날의 저녁이었다. 우리 가족이 저녁을 먹고 난 후였으니 소들 역시 여물을 먹고 난 후였다. 그런데 마당에서 소 울음소리가 들렸다. 문을 열어보니 소 한 마리가 마당에서 고개를 쳐들며 울어댔다. 나는 단번에 알아채지 못했다. 마음에서 지우자고 마음먹었기 때문인지 날이 어두워서인지는 잘 모르겠다. 그 소는 바로 1년 전에 내다판 일소였다.

   소 옆에는 윗마을 아저씨가 허허 웃으며 서 있었다. 이야기를 들어보니 아버지가 우시장에서 내다판 일소를 누군가가 사서 일을 시키다가 다시 내다팔았고, 윗마을 아저씨가 그 일소를 산 모양이었다. 아침에 소를 데리고 집으로 와서 외양간에 묶어두었는데 도대체 무슨 심산인지 온종일 외양간을 부술 듯이 난동을 피웠다고 했다. 여물을 많이 주고 달래도 보고 이리저리 애를 썼는데도 도무지 마음을 가라앉히지 못하더라는 것이었다. 그래서 마음 가는 데로 한번 가보라고 고삐를 풀어주고 뒤를 따라왔더니 우리집으로 오더라는 것이었다.

우리 가족은 할말을 잃었다. 아버지는 가마솥에 불을 땠다. 쇠죽이 끓는 동안 등을 긁어주는 소 등긁이로 일소의 옆구리와 엉덩이를 계속 긁어주었다. 소의 등과 배가 가지런해졌다. 아버지는 쇠죽이 다 끓자 여물통인 구유에 한가득 퍼주었다. 배가 고팠던지 일소가 부지런히 쇠죽을 먹었다. 아버지와 윗마을 아저씨가 말없이 그 모습을 지켜보았다. 나도 가만히 지켜보았다.

아무래도 신기했지만 아주 이상한 일은 아니었다. 윗마을은 우리집에서 꽤 떨어진 곳이지만 그곳에는 우리가 농사짓는 조그만 논이 있었다. 일소는 몇 번이나 그곳에 일하러 갔기 때문에 우리집으로 찾아올 수 있었던 게 분명하다. 그래도 어린 마음에 신기하기도 하고, 심지어 기특하다는 생각도 들었다.

쇠죽을 먹고 난 소는 평온을 되찾았다. 윗마을 아저씨네 외양간을 부수려던 모습도 아니었다. 온순한 모습으로 돌아왔다. 아버지는 소의 머리를 몇 번 쓰다듬었다. 등과 엉덩이를 어루만졌다. 그리고 묶어두었던 고삐를 풀고 천천히 마당 밖으로 걸어나갔다. 일소는 가만히 아버지의 뒤를 따라 걸었다.

아버지가 앞서 걷고 일소가 뒤따라 걸었다. 그 뒤로 윗마을 아저씨와 내가 나란히 걸었다. 마을 하나를 지나서 산중턱에 있는 아저씨네 집으로 갈 때까지 다들 별다른 말이 없었다. 길이 참 길었던 것도 같고 얼마 되지 않았던 것도 같다.

아버지는 아저씨네 외양간 기둥에 고삐를 묶었다. 몇 번 소의 머리를 쓰다듬었다. 등과 엉덩이도 여러 번 쓰다듬었다.

"너는 이제 이 집 식구다. 이 집에서 잘살아라."

아버지와 나는 집으로 되돌아왔다. 일소와 함께 걸을 때처럼 우리는 별다른 말을 하지 않고 걸었다. 날씨가 추웠고, 하늘에는 별이 무수하게 떠 있었다. 일소가 우리집에서 사는 동안 철푸덕철푸덕 잘도 싸던 소똥처럼 별이 빛나고 있었다.

송아지와 소년

우리집에는 사람 말고도 여러 가축이 함께 살았다. 외양간에는 여러 마리의 소가 살았고, 마당 입구에는 개가 한두 마리 서서 집을 지켰다. 닭도 여러 마리 키웠다. 닭들은 개가 있는 곳을 빼고 부지런히 돌아다녔다. 내가 달걀을 곧잘 찾아냈지만 가끔씩은 어디선가 병아리가 부화해서 오종종하게 마당에 나타나기도 했다.

한때는 아버지가 새로운 농사법에 관심을 기울여서 오리를 길렀다. 아침에 오리를 몰고 논에 풀어놓았다가 저녁이면 다시 몰고 돌아왔다. 닭이나 오리는 이따금 새끼를 쳐서 몇 마리로 늘어났는데 대개는 이전의 마릿수로 돌아오곤 했다. 사라진 닭과 오리 중 몇 마리는 개에게 물려서 죽었고, 이유를 모른 채 사라지기도 했다. 몇 마리는 우리의 저녁 밥상에 오르기도 했다. 요즘 생각으로는 아무래도 좀 끔찍해 보이지만, 그때는 그리 어색한 일은 아니었다.

돼지를 치기도 했다. 토끼를 기른 적도 있다. 그리 오랫동안 기르지는 않았다. 돼지나 토끼는 예민한 동물이라서 아무래도 전념해서 기르지 않으면 문제가 생기기 쉽다. 잘 보살피지 않으면 어미가 새끼를 물어죽이는 일이 있을 정도다.

가축 아닌 녀석도 가끔씩 우리집에 살았다. 뒤란 우물가에는 두꺼비가 찾아와서 한참을 살다가 떠났고, 나무 마루 밑에는 구렁이가 한동안 머물렀다. 두꺼비나 구렁이나 함부로 내쫓으면 안 된다는 미신 때문에 어쩔 수 없이 같이 살아야 했다. 나는 구렁이가 무서워서 마당에서부터 뛰어와서 신발을 벗는 동시에 마루로 뛰어 오르곤 했는데 어느 날에는 신발이 마루 밑으로 들어가버렸다. 나는 감 따는 긴 장대를 가지고 와서 구렁이의 심사를 건드리지 않고서 신발을 꺼내기 위해 무진 애를 썼다.

여러 동물이 사람과 어울려서 살았지만 사람과 동물 사이에는 명확한 구분이 있어서 동물이 집안으로 들어오지 못했다. 방안으로는 사람만이 들어올 수 있었다. 그런데 딱 한 번 동물이 방안으로 들어온 적이 있다.

한겨울에 어미소가 송아지를 낳았다. 보통은 태어난 지 얼마 되지 않아 걸어다니는데 그 송아지는 무슨 문제가 있는지 가만히 누워서 일어나지 못했다. 모두가 걱정이 컸다. 수의사가 와서 이런저런 처방을 하더니 좀 따뜻하게 해주라는 이야기를 하고 떠났다. 지금이야 뜨거운 기운을 내뿜는 열풍기도 있고 송아지에게 입히는 옷도 있지만 그때는 외벽을 비닐로 막아주고 바닥에 볏짚을 깔

아주는 정도뿐이었다. 외양간에서는 도무지 송아지를 따뜻하게
해줄 방법이 없었다.

아버지는 낡은 이불을 가져다가 외양간과 붙어 있는 방 한쪽에
깔았다. 그리고 외양간에 누워 있던 송아지를 안아옮겨서 거기에
눕혔다. 그 방은 연탄을 때는 방이었는데 평소보다 더 따뜻하게 해
주었다. 그리고 입에다 커다란 젖병을 물렸다.

문제는 송아지가 이불을 깔고 누운 방이 바로 내 방이었다는 것
이다. 송아지가 안쓰러워서 별다른 생각을 하지 않았는데 막상 날
이 저물어 잠을 자야 할 시간이 되자 어떻게 해야 할지 갈팡질팡이
었다. 부모님 방으로 갈지, 할아버지 할머니 방으로 갈지, 아니면
그냥 내 방에서 잘지 고민이 되었다.

나는 고민 끝에 내 방에서 자기로 했다. 한쪽에서는 송아지가 자
고, 그 곁에서 숨소리를 들으며 내가 잤다. 평소보다 연탄불을 세

게 피운 덕분에 나도 푹 잤고, 따뜻하게 잔 덕분인지 이튿날부터 송아지도 조금씩 기운을 차렸다. 내 방에서 외양간으로 돌아갔고 곧 걸어다니게 되었다. 어미의 젖을 먹고 무럭무럭 건강하게 자랐다.

고향을 떠나온 뒤로 동물을 키운 적이 없다. 어린 시절의 경험 때문인지 마당이 없는 집에서 살다보니 동물을 키울 생각을 하지 못했다. 가끔 아파트에 사는 지인의 집에 놀러가서 사람과 함께 생활하는 개나 고양이를 만나면 낯설었다. 사람이 쓰는 의자에 개가 앉고 심지어 침대에도 마음대로 올라가는 고양이를 보면 영 어색했다.

그러다가 문득 고향집의 내 방 한쪽에서 이불을 덮고 잠들던 송아지의 얼굴이 떠오르곤 한다. 송아지가 얼른 나아서 씩씩하게 걷기를 바라며 잠드는 내가 떠오른다. 몸집이 서로 비슷한 나와 송아지가 나란히 잠든 모습이 떠오른다. 아득하고 기특하다.

엉덩이에 뿔이 난 송아지

　요즘 소를 기르는 축사의 울타리는 대개 쇠로 되어 있다. 높이도 꽤 높다. 축사 울타리의 역할은 당연히 소가 밖으로 나가지 못하도록 하는 것이다. 그러나 예전의 외양간은 소가 마음만 먹으면 언제든지 탈출할 수 있을 정도로 허술했다. 나무를 엮어서 만든 울타리는 튼튼하지 못해서 소를 막아내기에 역부족이었고, 몸집이 가벼운 송아지가 마음만 먹으면 가뿐하게 뛰어넘을 수 있는 높이였다.

　덩치가 커다란 소들이야 기둥에 고삐가 묶여 있었고, 설령 고삐가 느슨하게 풀려 있다고 해도 외양간 밖으로 나가는 일은 드물었다. 하지만 아직 코뚜레를 하지 않아서 외양간 안에서 자유롭게 돌아다니는 송아지들은 자주 울타리를 넘었다. 외양간 밖으로 나간 송아지는 한껏 자유를 누렸다. 마당을 설렁설렁 거닐며 이것저것 구경하고 뒤란에 무엇이 있는지 둘러보았다. 외양간 밖에서 외양간 안을 물끄러미 바라보기도 했다.

집밖으로 뛰쳐나가는 송아지도 있었다. 그 녀석들은 온 동네를 누비고 다녔다. 펄쩍펄쩍 뛰면서 도로를 달리고 남의 집 마당에 들어갔다. 밭에 가서 콩잎이나 깻잎을 따먹었다. 모내기를 마친 논으로 뛰어들어가서 첨벙댔다. 그야말로 천방지축이었다.

가족 중에 외양간을 탈출한 송아지를 발견한 사람은 으레 낮고 차분하면서도 길고 분명하게 소리쳤다.

"아, 소 뛴다."

물론 이것은 감탄사가 아니고 다른 사람들에게 소식을 전하는 말이었다. 낮고 차분한 것은 송아지가 놀라서 더 천방지축으로 날뛰는 것을 막기 위해서였고, 길고 분명한 것은 다들 하던 일을 멈추고 소를 몰러 나오라는 뜻이었다.

소가 뛰었다는 이야기가 들리면 다들 하던 일을 멈추고 슬슬 외양간 근처로 모여들었다. 한 사람은 외양간 문을 열어두고 안쪽에 있는 다른 송아지들이 나오지 못하게 했다. 다른 사람들은 마당 주변에 놓인 막대기 같은 걸 하나씩 들고서 송아지를 외양간 쪽으로 몰았다.

송아지를 몰 때는 큰 소리를 내지 않고 빨리 몰기 위해 다그치지 않았다. 그저 슬금슬금 다가가며 송아지가 스스로 외양간으로 들어가기를 기다렸다. 사람들이 슬슬 포위망을 좁히면 논밭을 헤집고 다니던 송아지도 못 이기는 척 외양간으로 들어갔다.

가끔은 느슨한 포위망을 벗어나서 새로운 곳을 헤집어놓는 경우도 있었다. 우리집 논밭을 헤집어놓는 거야 어쩔 수 없지만 온 동네를 뛰어다니며 다른 집 마당에서 소란을 피우고 다른 집 논밭을 엉망으로 만드는 때도 있었다.

그렇다고 항의하는 경우는 없었다. 송아지가 한 일을 어쩌겠느냐는 마음도 있었을 것이고, 다음에 그 집 송아지가 우리 논밭을 헤집어놓을 수도 있기 때문이었다. 그리고 소가 귀함을 알기 때문이었다. 무엇보다도 한참 자라는 송아지에게 외양간이 얼마나 갑갑했을지 이해했기 때문이리라. 눈에 보이지 않지만 애나 송아지나 엉덩이에 뿔이 돋아난다는 것을, 집밖으로 나가서 한껏 뛰어다니면 엉덩이의 뿔이 슬그머니 사라진다는 것을 모두 알았을 것이다.

밖에서 무슨 일을 저질렀든 결국 송아지는 외양간으로 돌아왔다. 동네는 고요해졌다. 동네를 누비던 송아지가 외양간으로 들어가고 나면 문을 지키던 사람이 그 문을 닫았다. 그러면 다들 손에 들었던 막대기를 내려놓고 손바닥을 탁탁 털었다. 송아지를 타박

하는 사람은 없었다. 누구도 괘씸해하지 않았다. 그저 아무 일도

없었던 것처럼 송아지가 뛰기 전에 하던 일을 마저 하러 갔다.

나비효과

초등학교 5학년 봄의 일이다. 여섯시가 채 되지 않은 아침부터 집안이 부산스러웠다. 드디어 송아지가 태어날 모양이었다. 잠에서 깨어 밖으로 나가자 할아버지와 아버지는 외양간 안에 서 있었다. 나는 외양간 밖에 서서 물끄러미 바라보았다. 송아지가 태어나는 모습을 전에도 몇 번 봤지만 그래도 여전히 신기했다.

송아지가 어미소의 몸 밖으로 나올 때가 되었는데 갑자기 분위기가 이상하게 돌아갔다. 장화를 신은 아버지가 저벅저벅 걸어나

오더니 창고에 가서 밧줄을 들고 나왔다. 눈치를 보아하니 송아지가 어미의 뱃속에서 제대로 자리를 잡고 있지 못한 듯했다. 송아지가 어미소의 뒷다리 쪽으로 머리와 두 앞발을 내밀고 있어야 밖으로 나오기가 쉬운데 밧줄이 필요한 걸 보니 아무래도 앞발이 아니라 뒷발이 다리 사이를 향해 있는 듯했다. 소를 키우는 집에서 자라는 아이라면 이 정도는 대단한 눈치도 아니었다.

아버지는 밧줄을 매듭지어 어미소의 다리 사이로 나온 송아지의 발목에 묶었다. 그리고 할아버지와 함께 힘껏 당겼다. 송아지가 조금씩 밖으로 모습을 내보였지만 할아버지와 아버지 모두 마음이 급해 보였다. 곁에서 지켜보던 나도 마음이 급해져서 누가 시키지도 않았는데 뒤쪽에 달라붙어 밧줄을 잡아당겼다. 다행스럽게도 곧 송아지가 밖으로 딸려나왔다.

아버지가 송아지를 안아서 지푸라기를 깔아놓은 곳에 눕혔다. 그리고 허리춤에 차고 있던 수건으로 송아지의 입과 콧구멍을 닦왔다. 양수를 닦아서 숨을 잘 쉴 수 있도록 했다. 목덜미부터 시작해서 온몸을 닦았다. 힘들이지 않고 낳았다면 어미소가 혀로 핥아 주었겠지만, 어미소도 기진맥진해서 거친 숨을 몰아쉬었다.

가만히 누워서 헐떡이며 간신히 숨만 쉬던 송아지가 조금씩 기운을 차렸다. 숨을 제대로 쉬기 시작하더니 곧 고개를 움직였다. 그리고 다리를 움직였다.

"이제 됐다."

할아버지가 길게 숨을 내쉬었다. 아버지도 일어서서 가만히 송아지를 내려다보았다. 나도 좀 정신을 차렸다. 바지와 신발이 엉망이 된 것도 그제야 알았다.

어미소도 곧 기운을 차렸다. 송아지는 언제 모두를 걱정시켰냐는 듯이 힘차게 발을 버둥거리며 일어서려고 애썼다. 몇 번 바닥에 엎어지더니 결국 일어서는 데 성공했다. 그리고 어미소에게 다가가서 젖을 빨기 시작했다.

지금도 선명한 모습이다. 워낙에 인상적이기도 했지만 이날의 풍경을 고스란히 일기로 옮겨 적었기 때문이다. 그 일기를 읽은 담임선생님이 빨간색 볼펜으로 별 다섯 개를 그려주었기 때문이다.

담임선생님에게 별 다섯 개를 받은 게 너무 기뻐서 5학년 내내 열심히 일기를 썼다. 담임선생님은 내가 5학년 동안 쓴 일기장 여섯 권을 묶어서 도道에서 하는 대회에 출품했다. 그 대회에서 크지는 않지만 작은 상도 받았다. 담임선생님이 전해준 상장도 기뻤지만, 여섯 권을 한데 묶고 도화지로 표지를 만든 일기장에 '군동국민학교 5학년 유병록'이라고 쓰여 있는 게 참 좋았다.

중학교에 갔을 때 담임선생님이 군郡에서 열리는 백일장에 나갈 지원자를 뽑았다. 아무도 나서지 않자 종례를 미루고 글 잘 쓰는 친구를 추천하라고 했다. 나는 그저 누가 누구를 추천해서 빨리 집에 갔으면 좋겠다고 생각했다. 그런데 같은 초등학교를 나온 친구

39

가 번쩍 손을 들었다.

"선생님, 유병록이 초등학교 다닐 때 일기 잘 써서 도 대회에서 상 받았어요."

나만 빼고 선생님과 아이들 모두 환한 얼굴이었다. 그길로 나는 전혀 생각지도 못했던 백일장에 나갔고, '시계'라는 제목에 맞춰서 어디서 본 듯한 이야기를 시라고 써서 냈다. 근데 우연찮게 2등인가 3등인가 했고, 무려 10만원이라는 거금을 상금으로 받았다. 그 돈으로 친구들과 떡볶이를 사먹고 아디다스 운동화를 한 켤레 샀다.

나비효과는 도무지 끝나지 않았다. 백일장에서 상을 받았다는 이유로 토요일 클럽 활동 시간을 문예반에서 보내야 했다. 2학년 때와 3학년 때도 늘 축구부에 가고 싶어서 지원했지만 문예반 선생님의 강력한 의지 때문에 어쩔 수 없이 문예반에서 활동해야 했다. 그래봐야 클럽 활동 시간에 글쓰기는 늘 뒷전이었고 창가에 앉아서 운동장에서 축구하는 친구들의 모습을 물끄러미 바라보기만 했다. 당연히 중학교 3년 동안 글을 써서 받은 상은 처음 받았던 게 전부였다.

그런데 나비효과는 계속되었다. 고등학교에 갔더니 이번에는 누나의 남자친구가 나타나서 문학 동아리에 들어오지 않겠느냐고 제안했다. 사실 나는 농구부나 축구부에 들어가고 싶었지만 3학년 선배의 제안을 가볍게 뿌리치기는 어려웠다. 그래서 어영부영 주저하다가 문학 동아리에 들어갔다. 그런데 아차! 그만 책을 읽고 글을 쓰는 즐거움에 빠졌다. 시인이 되고 싶어졌다. 그리고 지금껏 책을 읽고 글을 쓰고 책 만드는 일을 하며 살게 되었다.

1993년 봄날에 송아지가 태어나는 바람에 나는 시인이 되었다.

소와 소년

시골 마을에서 어른들은 늘 논일과 밭일로 바빴으므로 가축을 보살피는 일이 자주 아이들에게 맡겨졌다. 우리집에서는 소를 여러 마리 키웠는데 소를 보살피는 일이 어린 내게 주어지곤 했다.

학교에 다녀온 오후에 소들이 소리 높여 울면 누가 따로 시키지 않아도 마당으로 나갔다. 잘게 썰어놓은 볏짚을 삼태기에 담아서 소의 여물통에 주었다. 그리고 20킬로그램짜리 포대를 뜯어서 사료를 한 바가지씩 볏짚 위에 뿌려주었다. 그러고 나서 소가 마실 수 있도록 여물통 옆에 수돗물을 부어주며 옷에 묻은 먼지를 털었다.

  시골 아이들이 대개 그러듯이 어른들이 집에 있으면 시키는 일을 했지만 어른들이 논밭으로 나가서 집에 아무도 없으면 알아서 일했다. 나도 여물을 주고 나서 슬쩍 외양간 안쪽을 들여다보고 소똥이 꽤 쌓였다 싶으면 가만히 아버지의 장화를 신었다. 외양간 안으로 들어가서 선호미를 들고 소들이 눕는 자리에 흩어져 있는 소똥을 긁어냈다. 그것을 삽으로 퍼담아 외양간 밖의 소똥 더미로 옮겼다.

  소가 먹는 사료는 읍내에 있는 가게에서 사왔고, 볏단은 벼를 베고 난 논에서 가져왔다. 벼를 베고 나면 나는 아버지와 함께 논에서 볏짚을 한 단씩 묶어서 세워두었다. 며칠 동안 잘 말린 다음에 그 볏단을 경운기에 가득 싣고 집으로 가져왔다. 그리고 볏짚을 외양간 옆에 잘 쌓아두었다가 잘게 썰어서 소에게 먹였다. 아주 어렸을 때는 소가 몇 마리 되지 않아서 우리 논에서 나온 볏단만으로도 충분했는데 소가 꽤 늘어난 이후에는 다른 논에서 볏단을 사서 집으로 가져오기도 했다.

요즘에는 보통 일일이 볏단을 세워서 말리지 않는다. 콤바인으로 벼를 베고 난 이후에 바닥에 눕힌 채로 말렸다가 트랙터를 이용해서 한꺼번에 볏단 뭉치를 만든다. 수확이 끝난 논에 커다란 마시멜로처럼 놓여 있는 게 바로 그것이다.

볏짚은 소에게 먹이기 전에 잘게 썰었다. 내가 어릴 때 이미 전기를 이용해서 볏짚을 잘게 써는 볏짚 절단기가 널리 이용되었다. 우리집에도 볏짚 절단기가 있었다. 하지만 나는 그 기계를 꽤 자라서야 써볼 수 있었다. 어린 시절에는 써볼 수 없었다. 아버지는 절대로 절단기를 쓰지 말라고 여러 번이나 주의를 주었다. 평소에는 코드도 뽑아두었다. 볏짚 절단기는 사실 좀 위험한 기계였다. 볏짚을 잘게 썰어야 하는 만큼 힘도 좋고 날카로운 기계였는데 간혹 볏짚을 밀어넣다가 손이 딸려들어가는 사고가 나기도 했다. 어른은 손이 딸려들어가도 얼른 빼서 사고를 면하기도 했는데 어린아이의 경우에는 고스란히 손이 딸려들어가서 손목이 잘리는 사고를 당하기도 했다. 그래서 아버지는 자식들이 볏짚 절단기를 쓰지 못하도록 했다. 보통 아버지가 볏짚 절단기를 이용해서 썰어놓은 볏짚을 소에게 먹이로 주는 게 내 일이었다.

소의 먹이는 보통 누런 볏짚과 사료였는데 가끔은 신선한 먹이를 먹는 일도 있었다. 옥수수 수확이 끝나면 살뜰하게 옥수숫대를 베어서 집으로 가져왔다. 옥수숫대는 볏짚 절단기를 이용하지 않고 작두를 이용해서 썰었다. 볏짚보다 옥수숫대가 좀더 억세서 기계가 고장날까 싶어서였다. 옥수숫대를 자르는 일은 할아버지와 자주 했는데 내가 날을 들어올리면 할아버지가 옥수숫대를 몸체와 날 사이로 밀어넣었다. 자! 할아버지가 이렇게 말하면 나는 온몸의 무게를 날에 실어서 옥수숫대를 썰었다. 엉기성기 썰어서 소에게 먹였다. 옥수수 이파리는 살이 베일 만큼 날카로웠는데 소들은 크게 신경쓰지 않고 맛있게 먹었다.

논이나 밭의 가에 자란 풀을 베어서 소에게 주기도 했다. 가끔은 소를 몰고 풀이 많이 자란 곳으로 가기도 했다. 정말 그런지는 모르겠지만 소는 마른 볏짚보다 생풀을 더 좋아했던 것 같다. 베어다 준 것보다는 직접 뜯어서 먹는 생풀을 더 맛있게 먹었던 것 같다.

네다섯 마리였던 소의 숫자가 늘어나고 농사일을 더이상 돕지 않게 되면서 소의 먹이는 마른 볏짚에서 벗어나는 일이 드물어졌다. 풀밭으로 나가는 일은 아예 없어져버렸다.

이렇게 소년이었던 나는 소를 키우는 일에 손을 보탰다. 송아지가 자기 몸집보다 열 배, 스무 배가 되는 소로 자라는 데 도움을 주었다. 소년이 소를 키웠다.

우리집의 주요 수입은 두 가지였는데 하나는 농사일이고 다른 하나는 소를 키워서 얻는 수익이었다. 보통 농사일로 버는 돈은 먹고사는 생활비로 쓰거나 송아지 또는 소를 사는 데 썼다. 가끔씩 목돈이 필요한 일이 생겼을 때는 소를 팔아서 마련하곤 했다. 워낙 궁벽한 시골이라 버스도 제대로 다니지 않아서 우리 4남매가 읍내에 있는 중학교, 고등학교에 다니기가 힘들 때 학교 가까운 곳에 집을 마련한 돈도 소를 팔아서 나온 것이다.

내가 대학에 다니는 동안의 학비도 대부분 소를 팔아서 마련한 돈이었다. 아버지와 어머니는 네 명의 자식을 모두 대학까지 보낸 것을 지금도 뿌듯하게 생각하는데 어머니는 형과 누나들에게 늘 국립대를 가야 한다고 입버릇처럼 이야기했다. 막내인 나까지 대학을 보내려면 도무지 사립대 학비를 댈 자신이 없었던 것이다. 다행히도 형과 누나들은 비교적 학비가 비싸지 않은 국립대에 진학했다.

그런데 세상일이 어디 뜻대로만 되겠는가. 막내인 내가 그 기대를 저버렸던 것이다. 나는 대학에 붙었다는 것을 전화로 확인한 후에 곧바로 집에 전화를 걸어서 흥분한 목소리로 소식을 전했다. 그러자 전화를 받은 아버지의 첫마디는 예상과 전혀 달랐다.

"거기 사립대지?"

"네? 네."

"그래, 엄마 바꿔줄게."

아무튼 내가 서울의 사립대로 진학하는 바람에 학비와 기숙사비와 생활비를 마련하기 위해 우리집의 축사에서 여러 마리의 소가 팔려나갔다. 많지는 않지만 가끔은 장학금도 타고 아르바이트로 용돈도 꾸준히 벌었지만 서울살이가 만만치 않았다. 대학에 다니는 동안 여러 마리의 소가 팔려나가는 걸 막을 수 없었다.

소에게 진 빚은 여기서 끝이 아니다. 군대에 다녀와서 형과 함께 지내던 월세 자취방을 얻을 때도, 형이 결혼하고 나서 나 혼자 살게 되어 집을 구할 때도, 역시나 소의 도움을 받았다.

이렇게 소들은 소년을 키웠다. 조그만 소년이 어른이 되어 이제 껏 살아가는 데 큰 도움을 주었다. 소가 소년을 키웠다.

사람 다음으로 소

1970년대 중반부터 1980년대 초반 사이에 금강에 대청댐이 건설되었는데 그 때문에 부모님은 살던 곳이 물에 잠기게 되어 부득이 지대가 더 높은 곳으로 이사했다. 아버지와 어머니가 결혼해서 살림을 차렸던 집은 물속으로 가라앉았고, 새롭게 터전을 일군 곳에서 내가 태어났다. 지대가 높은 곳으로 이사했는데도 가끔 장마철에 큰비가 내리면 물난리가 나기도 했다.

1990년대 초반으로 기억한다. 정말 며칠 동안 그치지 않고 비가 내렸다. 내 눈이 닿는 저 아래쪽부터 조금씩 물에 잠겼다. 학교 가는 길이 잠겼고, 우리 논이 물에 잠겼다. 고추밭도 물에 잠겼다. 내 눈에야 우리집 논밭이 먼저 들어왔지만 당연히 다른 집들 논밭도 모두 잠겼다. 물은 들판을 집어삼킨 다음에 급기야 마을 쪽으로도 다가왔다.

논밭이 모두 잠겨버리는 바람에 걱정되기는 했지만 설마 집까지 물이 들어오지는 않으리라고 생각했다. 하지만 상황이 심상치 않게 돌아갔다. 집 앞 개울이 넘칠 듯 차올랐다. 수박 덩이가 둥둥 떠내려갔다. 닭이 물살에 휩쓸려가며 날개를 푸드덕거렸다. 돼지가 떠내려가는 것도 보았다.

텔레비전 뉴스에서는 하류에 피해가 갈 수 있어서 댐이 최대한 물을 가두었다는 소식이 전해졌다. 결국 계속 물이 차오를 것이라는 말이었다. 전신주에 매달아놓은 스피커에서 이장 아저씨의 목소리가 들렸다. 지대가 낮은 곳에 사는 사람들은 대피를 준비하라는 방송이었다. 바로 우리 가족이 지대가 낮은 곳에 사는 사람들이었다.

정말 순식간이었다. 저만치 아래쪽에 있다고 생각했던 물이 순식간에 우리집 마당까지 밀고 들어왔다. 우리는 중요한 것만 챙겨서 얼른 피난을 가야 했다. 어머니는 안방으로 들어갔고, 다른 사람들은 일제히 외양간으로 향했다. 얼른 고삐를 풀어서 소를 끌고 마당을 나섰다. 산중턱에 있는 이웃집을 향해 걸었다. 그때 우리집 마당에는 내 무릎까지 물이 차 있었다.

우리는 이웃집에 도착해서 그 집 외양간에 소를 묶어두었다. 소들과 함께 우리집을 가만히 내려다보았다. 정말 잠기지는 않겠지, 다 잠기지는 않겠지, 기도하면서.

다행히도 그리 오래 지나지 않아서 물이 조금씩 빠져나갔다. 물이 저 멀리까지 물러나고 나서야 우리는 집으로 갔다. 마당은 진흙

탕이었고 여기저기 난리도 아니었지만 다행스럽게도 마루 바로 아래까지만 잠겨서 방안까지 물이 들어오지는 않았다. 우리는 막힌 수챗구멍을 뚫고 마당을 쓸었다. 외양간에 밀려든 진흙을 쓸어냈다. 그리고 산중턱의 이웃집으로 가서 소를 몰아 집으로 돌아왔다.

그 시절에 우리집에서 난리가 나면 먼저 소를 챙겨야 했다. 우리집에서 가장 소중한 존재는 사람 다음으로 소였다.

땅속에 묻힌 비밀

예닐곱 살 무렵이었다. 집밖으로 나갔더니 송아지들이 뛰어노는 외양간 마당에서 아버지가 땅을 파고 있었다. 괭이로 땅을 내려치는 아버지 옆에 4홉들이 소주병이 놓여 있었다. 가만히 들여다보았더니 보통 소주병이 아니었다. 안에 시커먼 뱀이 든 병이었다. 뱀술이었다.

그리 놀라지 않았다. 뱀이 무서운 거야 두말할 필요도 없지만 그때만 해도 길을 가다 뱀과 마주치는 일이 적지 않았다. 색깔이 화사한 꽃뱀이야 흔하게 보았고, 개울가나 산길에서 독사도 심심치 않게 보았다. 우리집 마루 밑에 구렁이가 살기도 했다.

물어보지는 않았지만 아마도 아버지가 직접 잡은 뱀이었을 것이다. 아버지는 가끔 뱀을 잡았다. 어머니의 심부름으로 개울가에 호박을 따러 갈 때면 낫과 지게 작대기를 들고 갔다. 지게를 세울 때 쓰는 지게 작대기는 한쪽 끝이 갈라진 Y자 모양인데 갈라진 쪽으로 목을 누르면 독사는 꼼짝을 못한다. 그렇게 독사를 잡으면 끈으로 묶어서 어디다 매달아두었다가 동네 사람 중에 필요한 이가 있으면 주거나 지나가는 땅꾼에게 얼마를 받고 팔았다. 할머니와 어머니가 끔찍하게 싫어하며 타박하는 모습을 여러 번 보았지만, 그래도 아버지는 가끔씩 뱀을 잡았다.

땅을 파는 아버지 곁의 소주병에 든 뱀은 당연히 독사였다. 흔히 꽃뱀이라고 부르는 유혈목이로는 뱀술을 담그지 않으니까. 아버지에게 물어보니 뱀술은 독이 빠질 때까지 기다렸다가 마시면 약이 된다고 했다. 그래서 독이 빠질 때까지 땅속에 묻어두었다가 나중에 필요하면 꺼내서 먹으려 한다고, 사람이나 동물이 많이 뛰어다니는 곳에 묻어두면 약효가 더 좋다고 해서 송아지들이 뛰어노는 마당에 묻는다고 했다.

그대로 믿었다. 아버지는 그때 건강 때문에 술을 전혀 마시지 않았다. 아버지가 뱀술을 좋아해서 나중에 마시기 위해 저렇게 정성을 들인다고 생각하지 않았다. 나중에 할아버지나 할머니의 허리에 문제가 생기면 좋은 약이 되겠구나 하는 기특한 생각도 했던 것 같다.

지금이야 약으로 쓰기 위해 뱀술을 담가서 먹는 일은 거의 없다. 아마 그때도 그리 많은 사람이 뱀술을 마시지는 않았을 것이다. 다만 허리가 아프거나 몸이 허하다고 느껴질 때 혹시나 하는 마음으로 뱀술을 마시는 사람이 얼마쯤 있었을 것이다.

아버지는 좁고 깊게 땅을 파서 4홉들이 소주병을 바로 세워서 집어넣었다. 그리고 흙을 덮고 꾹꾹 흙을 밟았다. 지금도 머리를 바닥에 댄 괭이의 손잡이를 잡은 채 폴폴 뛰면서 땅을 밟던 아버지의 모습이 눈에 선하다.

그 이후로 마당에서 뛰노는 송아지를 볼 때면 땅속에 묻힌 뱀술을 가끔씩 떠올렸다. 몇 년 전에 문득 뱀술을 묻은 게 기억나서 아버지에게 물어보았다. 예전에 묻어둔 뱀술은 파내서 약으로 썼느냐고. 그랬더니 아버지의 반응이 뜻밖이었다. 묻은 건 기억이 나는데 벌써 30여 년 전의 일이라서 어렴풋하지만 그걸 파낸 기억은 없다고 했다.

외양간 마당에 뱀술이 묻혀 있는지 그렇지 않은지는 별로 중요한 일이 아니다. 거기 뱀술이 묻혀 있다고 해도 꺼내서 마시는 일은 없을 것이다. 이제는 뱀을 잡아서 술을 담그는 일도, 그 술을 마시는 일도 모두 불법이다. 그리고 뱀술이 몸에 좋다는 이야기도 전혀 근거가 없는 것으로 정리가 된 것 같다.

  그런데도 가끔 고향집에 가서 외양간 마당을 볼 때마다 한번씩

은 괭이를 들고 땅을 파볼까 하는 생각을 한다. 도대체 왜 그런 생

각이 드는지 잘 모르겠다.

기도하는 마음

다 자란 소의 무게는 보통 500킬로그램이 넘는다. 소는 하루에 두 끼, 아침과 저녁을 먹는다. 끼니마다 한 바가지의 사료를 먹고, 한아름의 볏짚을 먹는다. 덩치가 크고 먹는 양도 많다보니 자연스럽게 똥도 많이 싼다. 그래서 자주 소똥을 치워야 한다.

우리 외양간 옆에는 마당처럼 조그만 공간이 딸려 있었다. 그곳은 송아지들이 햇볕을 쬐며 뛰어노는 놀이터이면서 날마다 외양간에서 만들어진 소똥을 모아놓는 공간이었다. 여러 마리의 소가 봄부터 만들어낸 소똥은 그 공간에 차곡차곡 쌓였다. 소는 버릴 게 없는 동물이라고들 한다. 소똥조차도 버릴 일이 없으니 그 말은 백번 옳다. 한 해 농사를 시작할 때가 되면 드디어 소똥은 거름이 된다.

지금이야 트랙터를 이용해 간단히 퍼올려서 논밭으로 옮기면 수월하지만 예전에는 그렇게 간단한 일이 아니었다. 소똥을 치우는 초봄이 되면 아침을 먹고 아버지와 함께 외양간으로 갔다. 송아지들을 외양간 밖으로 나오지 못하도록 막고, 아버지가 소똥 더미 옆에 경운기를 세웠다. 아직 날씨가 추워서 소똥 더미는 꽝꽝 얼어 있었다. 아버지는 곡괭이로 소똥 더미를 내리치고, 나는 사지창처럼 생긴 쇠스랑으로 소똥을 떠서 경운기 짐칸에 실었다. 30~40분쯤 경운기 짐칸 가득 소똥을 싣고 나면 아버지가 경운기를 끌고 우리 논으로 가서 소똥을 부려놓고 돌아왔다. 그사이에 잠시 쉬었다가 경운기가 돌아오면 다시금 짐칸 가득 소똥을 퍼담았다. 그렇게 몇 번을 반복하면 외양간 마당에 쌓여 있던 소똥 더미가 흔적도 없이 사라졌다. 그리고 점심때가 되었다.

점심을 먹고 잠시 숨을 돌렸다가 아버지와 함께 쇠스랑을 들고 논으로 갔다. 논 여기저기에 아침나절 동안 부지런히 퍼 나른 소똥이 부려져 있었다. 우리는 쇠스랑으로 한데 부려져 있는 소똥을 주변으로 뿌렸다. 거름이 되도록 골고루 흩뿌렸다. 한 덩이를 마치고 옆으로 옮겨서 또 흩뿌리고, 그다음 덩이로 옮겨서 흩뿌리고 하다보면 저물녘이 되었다. 가끔씩 허리를 펴고 땀을 닦기도 했지만 서너 시간은 쉬지 않고 해야 마무리할 수 있었다.

거름 내는 일을 마치고 제법 어엿한 일꾼처럼 쇠스랑을 어깨에 걸치고 아버지와 집으로 왔다. 뒤를 돌아보면 논밭에 무수한 별처럼 소똥이 흩뿌려져 있었다. 뿌듯했다. 이제 논밭을 갈면 저 소똥이 땅을 비옥하게 해줄 것이다, 벼가 쑥쑥 자라서 가을이 되면 몇 가마니의 쌀이 되겠구나, 생각하면 뿌듯했다.

거름 내는 날에는 대개 아버지와 나, 둘이서 일했다. 온종일 단 둘이 일하면서도 몇 마디 나누지 않았다. 아버지는 일하는 데 꼭 필요한 말만 했다. 그마저도 몇 마디 되지 않았다. 나도 대답 외에는 별다른 말을 하지 않았다.

사실 아버지는 집 앞을 지나가는 사람과 만나서 이런저런 이야기도 잘 나누고 우스개도 잘하는 편이었는데 이상하게도 자식들과 함께 있을 때는 과묵했다. 나도 별로 말을 하지 않았다. 상황을 살펴서 눈치껏 일했다. 힘들다고 불평했을 법도 한데 좀 쉬었다가 하자고 투정을 부렸을 법도 한데 그런 말을 한 기억이 전혀 없다. 나는 키가 좀 크기는 했지만 그래봐야 열두어 살밖에 되지 않았는데.

지금 생각해보면 아무래도 아버지는 아버지 역할에 익숙지 않았던 것 같다. 아들과 함께 있을 때 어떤 이야기를 해야 하는지, 어떻게 마음을 살펴야 하는지 잘 알지 못했던 것 같다. 고생스러운 일을 시키는 것도 미안하지 않았을까 싶다. 그리고 어린 시절의 나는 고생스럽게 일하는 게 불만스럽기는 했지만, 우리집의 형편을 이해했던 것 같다. 내 조그만 힘이라도 보태야 할 만큼 우리집이 넉넉지 않은 사정이라는 것을.

그런데 이상하게도 아버지와 함께한 추억을 떠올리면 같이 거름을 내던 풍경이 꼭 생각난다. 들판에서 별다른 이야기도 하지 않은 채 땀을 흘리며 거름을 흩뿌리던, 그 차가우면서도 따뜻한 날이 생각난다. 마치 밀레의 그림 〈만종〉에서 두 사람이 기도하듯이, 거름을 뿌린 논에서 벼가 쑥쑥 자라기를 바라던 마음이 떠오른다. 우연하게도 〈만종〉 속의 두 사람 옆 땅에 꽂혀 있는 농기구도 쇠스랑이다.

천하장사의 트로피

명절이 되면 텔레비전에서 씨름 경기를 중계했다. 씨름의 인기는 정말 좋았다. 우리 가족은 오붓하게 모여앉아서 함께 텔레비전을 보았다. 함께 텔레비전을 보았지만 응원하는 선수는 서로 달랐다.

아버지는 인기가 가장 많은 이만기 선수를 좋아했다. 어머니가 좋아하는 선수는 신봉민 선수였는데 씨름 실력도 훌륭했지만 어머니와 같은 신씨였기 때문이었다. 나는 현대코끼리 씨름단의 김

칠규 선수를 좋아했다. 다른 선수에 비해 체구가 크지 않은 편이었고, '씨름판의 신사'라는 별명도 좋았다. 특히 발기술이 좋아서 자기보다 덩치가 큰 사람을 퍽퍽 잘도 쓰러뜨렸다. 나중에는 씨름단 감독으로도 활동했는데 텔레비전에서 볼 때마다 참 반가웠다.

그때 당시에는 몸무게가 가벼운 선수들의 대회인 한라장사, 몸무게가 무거운 선수들의 대회인 백두장사, 그리고 모두가 참가하는 천하장사 대회가 있었다. 대회에서 우승하면 금빛 장사복을 입고 모래판 한가운데서 사방을 향해 큰절을 했다. 그리고 꽃가마를 타고 모래판 주위를 돌았다. 그때 장사의 손에 들린 트로피는 소 모양이었다.

소는 농사일을 돕기도 하고 성격이 온화하고 힘까지 세다. 게다가 예전에는 씨름 대회에서 우승하면 실제로 소를 주기도 했단다. 그러니 씨름 대회에서 우승한 선수에게 주는 트로피의 모양으로 삼은 것은 어쩌면 당연한 일이다.

내가 특별하게 기억하는 씨름 대회가 있다. 기억을 되짚어 찾아보았더니 1989년에 열린 대회다. 여덟 살 때의 일이다. 그때는 이만기 선수의 전성기였는데 그해 3월에 열린 제16대 천하장사 대회에서 이만기 선수가 우승했다. 그간 열린 천하장사 대회 열여섯 번 중에서 열 번을 우승한 것으로, 이전에도 없었고 이후에도 없는 일이었다. 이것을 기념하고 축하하기 위해 이만기 선수에게는 열 마리의 소가 조각된 트로피가 수여되었다.

내 머릿속에는 이만기 선수가 포효하던 모습이 선명하게 찍혀 있다. 씨름이 워낙 인기가 있었고, 이만기 선수가 천하장사를 열 번이나 했다는 게 큰 뉴스이기도 했다. 그렇지만 그 이유만으로 이제 막 초등학교에 들어간 어린아이의 기억에 각인되지는 않았을 것이다.

나는 이만기 선수가 트로피를 들어올리는 장면을 보며 우리집에도 소가 열 마리쯤 있었으면 좋겠다고 생각했다. 그때 우리집 외양간에 있는 소는 네다섯 마리 정도였다. 외양간에 열 마리의 소가 산다면 우리집도 꽤 번듯하다는 느낌이 들 것 같았다.

그 이후로 외양간의 소는 한두 마리씩 늘었다. 내가 꿈꾸던 열 마리를 넘겼다. 좁은 외양간으로는 부족해서 집 옆에 축사를 새로 지었다. 소는 계속 늘어서 제법 많을 때는 서른 마리 정도까지 되었다. 당연히 내 바람 때문이 아니라 가족 모두가 부지런히 일하고 돈을 아껴서 모은 덕분이다.

어린 시절에는 우리집의 소가 얼른 송아지를 낳아서 여러 마리가 되기를 바랐지만 얼마 전부터는 반대되는 바람을 품고 있다. 부모님의 나이가 조금씩 많아지면서 소 키우는 일이 힘에 부쳐 보일 때가 있다. 그래서 요새는 자꾸 소를 줄여야 한다고 아버지와 어머니에게 이야기한다. 소를 다 팔고 나면 뭐하고 사느냐면서도 아무래도 버거운지 부모님은 조금씩 마릿수를 줄이고 있다. 그래서 지금 고향집 축사에는 예닐곱 마리의 소가 살고 있다.

소의 마릿수가 줄어서 아버지 어머니의 일도 같이 줄었으면 하고 바라다가 이만기 선수가 들어올리던 트로피를 부러운 눈길로 바라보며 얼른 소가 늘어났으면 하고 바라던 어린 시절이 떠오르기도 한다. 격세지감은 이런 데 쓰는 말이다.

오감으로 느끼는 소

: 눈

한우는 색이 누렇다. 잘 자란 소는 한눈에 보기에도 육중하다. 면면을 뜯어보면 우멍한 눈이 먼저 들어온다. 소의 순함은 눈 속에 모두 들어가 있는 것만 같다. 소는 저마다 다른 모습을 지니지만 눈만은 비슷한 느낌이다. 뿔에도 눈길이 간다. 뿔이 옆으로 쭉 뻗은 소도 있고 성난 듯이 위쪽으로 뻗어올라간 소도 있다. 눈썹처럼 아래쪽으로 휘어진 소도 있고 앞쪽으로 뻗은 소도 있다. 가끔은 모양이 서로 다른 뿔을 양쪽에 매단 소도 있다. 송아지 머리에는 뿔이 날 자리가 있는데 몸집을 키워가는 것 못지않게 뿔이 자라는 모습을 지켜보는 것도 큰 흐뭇함이다.

: 귀

음매, 하고 소의 울음소리를 흉내내는 게 보통이다. 하지만 실제 울음소리는 사람들이 흉내내는 것보다는 울림이 크고 더 허스키하다. 소는 배가 고플 때 자주 운다. 뭔가 불편해서 스트레스를 받으면 평소보다 더 높은 소리로 더 빠르게 운다. 우시장으로 가기 위해서 트럭에 실릴 때는 당연히 높은 음으로 빠르게 운다. 팔려가는 소만이 아니라 남은 소들도 비슷하게 운다. 이때는 정말 우는 소리일 것이다.

: 코

많은 이가 농담 삼아 고향의 냄새 또는 시골의 냄새라 말하는 그 냄새의 출처가 바로 소똥이다. 논밭에 거름으로 소똥을 뿌리면 그 일대에 한동안 냄새가 퍼져 있다. 사람들이 구수하게 여기

70

는 것처럼 소똥 냄새는 그리 심하지 않다. 코를 틀어막고 피할 정
도는 아니다. 큰 덩치에 뿔까지 있지만 곱게 채식을 하기 때문에
그럴 것이다. 오래전부터 인간 곁에서 살아왔기 때문일지도 모르
겠다. 어쩌면 다른 사람들은 냄새가 심하다고 생각하는데 태어나
면서부터 소와 함께 지냈던 나만 그렇게 생각하는지도 모르겠다.

: 혀

맛에 대해서는 이야기하지 않겠다.

: 손

여물 먹는 데 몰두하는 소의 머리를 쓰다듬는 건 뿌듯한 일이다.
그러다가 소가 날름거리는 긴 혀가 손에 닿는 것도 재미있고 축축
한 경험이다. 소가 가끔씩 불뚝성을 내는 일이 없지 않지만 여물도
주고 똥도 치워주며 친근해지면 머리에 매달린 뿔도 어렵지 않게
만질 수 있다. 아직 다 자라지 않은 송아지나 중소의 뿔은 맨질맨
질하다. 나이가 많은 소는 세월의 흔적처럼 결이 느껴진다.

소의 등을 만지는 것은 따스함을 느끼는 일이다. 소의 털은 부드럽다. 평소에 등긁이로 잘 긁어주면 만질 때 포근함이 느껴진다. 잘 컸구나, 잘 커라, 라고 말하며 만지면 더 좋다. 소의 꼬리는 여간해서는 가만가만 만지기가 쉽지 않다. 소는 등이나 배에 달라붙는 파리를 쫓기 위해서 꼬리를 휘두르는데 그 기운이 보통이 아니다. 가끔 소 뒤쪽에서 일하다가 꼬리에 맞는 봉변을 당할 때가 있는데 웬만한 회초리 못지않다. 나는 어렸을 때 궁금함을 참지 못하고 봉변당하는 것을 감수하며 소꼬리를 만졌는데 마치 무쇠처럼 단단하고 굳센 기운이 느껴졌다. 어쩌면 소 곁에서 가장 조심해야 하는 것은 뿔이나 뒷다리가 아니라 꼬리일지도 모른다.

운이 좋게 갓 태어난 송아지의 살결을 만지는 일을 경험한다면 그건 정말 잊을 수 없다. 세상으로 나온 송아지는 양수에 젖어 있는데 얼른 마른수건으로 닦아야 한다. 비록 수건 너머이지만 갓 태어난 생명의 살갗을 만지는 일은 경이롭지 않을 수 없다. 온몸을 닦아내면 곧 송아지가 일어서서 어미소의 젖을 먹으러 간다. 그 모습을 지켜보는 일은 여간 흐뭇하지 않다.

고삐

소가

외양간을 부술 듯이

사방을 들이받으면

방법 없지

고삐를 풀어주고

문 열어야지

어디까지 가는지

그저 뒤따라가야지

마음이

나를 부술 듯이

사방으로 날뛰면

그래

너 가고 싶은 곳으로 가라

고삐 풀어주고

뒤따라 걸어야지

방법이 없지

2부
—

소
를

타
고

왔
소

목돈
—어머니 일기장의 시

오늘

7개월 된 송아지를 팔았다

새끼를 팔고 나면

어미소는

밥도 안 먹고

소리를 지른다

3일은 지른다

가슴이 아프다

남의 집에 가서도 잘 크라고

마음으로 빌었다

어머니 일기 1

　최근에 고향집에 갔다. 일찍 저녁을 먹고 부모님과 함께 텔레비전을 보다가 넌지시 물었다. 그동안 소를 키우면서 특별히 기억나는 일이 있느냐고. 어머니는 소에 대한 기억을 꺼내는 대신 텔레비전 아래의 서랍장에서 노트 몇 권을 꺼냈다.

　"이거 봐라. 여기 소 관한 거 다 적어놨다."

　노트에는 소를 키우면서 겪은 일이 쓰여 있었다. 언제 어떤 소를 얼마에 사왔는지 언제 어떤 소를 얼마에 팔았는지 꼼꼼하게 적혀 있었다. 어떤 소가 아파서 수의사가 와서 어떻게 치료했고 진료비는 얼마가 나왔는지도 적혀 있었다. 가끔씩은 소에 관한 재미있는 이야기도 담겨 있었다. 그중에 오래 눈길이 머무는 문장이 있었다.

새끼와 떨어지고 나면 어미소는 새끼를 생각하느라고 밥을 먹지 않고 소리를 지른다. 3일은 지른다. 가슴이 아프다.

새벽에 밖이 시끄러워서 나가보았다. 하도 소리를 지르길래 소한테 뭐라고 했는데 알고 보니 밤새 송아지가 태어나서 외양간 밖을 돌아다니고 있었다. 어미소가 애가 타서 소리를 지르고 난리를 친 것이다. 그래서 송아지를 찾아서 어미소에게 데려다주었다. 고삐가 묶여 있어서 찾으러 가지도 못하니 얼마나 걱정했을까 싶다. 사람이나 똑같다. 말을 하지 못해서 그렇지 말이다.

엎드린 채 노트를 읽다가 가만히 천장을 보고 누웠다. 어미소와 송아지에 대한 어머니의 일기를 읽다보니 오래도록 떨어져서 살아가는 어머니와 내가 떠올랐다.

　나는 중학생이 된 이후로 어머니와 떨어져 살았다. 읍내에서 살면서 중학교와 고등학교를 다녔다. 서울에서 대학을 다녔고 군대를 다녀왔다. 지금은 경기도 일산에서 살면서 파주에 있는 회사에 다닌다. 영영 이별을 한 것은 아니지만 자주 보기는 어렵다. 늘 바쁘다는 핑계로 고향에 자주 가지 않았다. 1년에 대여섯 번이 고작이었다. 간다고 해도 하룻밤을 자고 돌아오는 게 보통이었다. 그렇다면 1년에 어머니의 얼굴을 보는 날이 열흘 정도 되는 것이다. 따져보면 10년에 100일이고 30년에 300일이다. 일흔의 부모님이 백세가 되실 때까지 계산해도 채 1년이 되지 않는 것이다.

　아랫목에 나란히 누운 아버지와 어머니를 물끄러미 바라보았다. 아직도 나는 태어난 지 얼마 되지 않은 송아지인 것만 같은데 아직 코뚜레를 하지도 않은 채 소동을 피우며 뛰어다니는 천둥벌

거숭이인 것만 같은데 벌써 마흔이다. 부모님과 떨어져서 산 지가

벌써 30년이 되었다. 어린 자식들을 읍내로 이사 보냈던 부모님의

나이와 가까워지고 있었다.

어머니 일기 2

아버지와 어머니는 내가 태어나기 얼마 전에 지금 사는 곳으로 이사했다. 40여 년 전의 일이다. 그때 집을 지으면서 살림집과 함께 소가 살 외양간을 지었고, 소는 두 마리가 있었다.

부모님은 농사를 열심히 짓는 한편으로 소도 열심히 키웠다. 어미소가 송아지를 낳으면 부지런히 먹여서 키웠다. 차곡차곡 한 마리씩 늘려갔다. 옛날식 외양간이 감당하지 못할 만큼 수가 늘어나자 새 축사를 지었다.

늘 마릿수를 늘리는 게 목표였다. 값이 오른다고 내다팔거나 값이 내린다고 사들이거나 하는 일은 없었다. 목돈이 생기면 소를 샀고, 목돈이 필요한 일이 생기면 소를 팔았다.

소는 우리집의 큰 재산이었다. 내다팔면 큰돈이 생겼다. 그 돈으로 먹을 것과 입을 것을 사고, 학비를 대고 하였다. 소는 우리집의 큰 재산이기도 했지만 우리 가족이 소를 식구처럼 여기는 것도 사실이었다. 그런 마음은 어머니의 일기에도 고스란히 담겨 있다.

6개월 된 송아지를 팔았다. 잘 커서 고맙게 돈을 벌어주었다. 어미는 5년을 먹였는데, 팔고 나니 마음이 서운했다. 돈은 많이 받았지만 마음이 좋지 않다.

소를 팔면 돈이 생긴다. 그 돈은 그동안 소를 키우느라 들인 공에 대한 보상이다. 그러니 돈이 생기면 좋아할 일일지도 모른다.

그러나 나는 소를 팔고서 좋아하는 가족을 본 적이 없다. 새벽에 소를 내다팔고 나면 집안 공기는 종일 눅눅했다. 목돈이 생겼다고 해서 저녁 밥상에 그럴듯한 고기반찬이 올라오는 일은 없었다. 나도 부모님에게 무엇을 사달라고 떼를 쓰지 않았다.

몇 마리 되지 않았을 때는 소가 한 마리 팔리고 나면 그 자리가 참 커 보였다. 그 생김새가 생각나기도 했다. 많이 서운했다. 여러 마리가 되고 나서도 소가 팔리고 나면 그 서운함이 크게 덜하지는 않았다.

오늘은 아버님의 제사였다. 그런데 저녁에 갑자기 송아지가 죽었다. 화가 많이 났다.

어머니가 화가 많이 났다고 써놓은 곳을 오래 바라보았다. 어머니는 평소에 화를 잘 내지 않는다. 자식을 키우면서도 늘 부탁을 하거나 달래는 편이었다. 웬만한 일에는 동요하지 않는 편인데 일기에다 이렇게 써놓은 걸 보면 정말 많이 화가 났나보다. 물론 송아지가 죽는 바람에 큰 손해를 보게 된 것도 얼마쯤은 이유가 되었겠지만 무엇보다도 송아지를 잘 보살피지 못한 자신에 대한 화였을 것이다. 어머니의 자부심 중 하나는 지금껏 소를 키우면서 여러 차례 전염병이 도는 동안에 철저하게 막아내서 한 번도 소를 잃지 않았다는 것이니 내 짐작이 크게 틀리지는 않을 것이다.

송아지가 태어나면 건강하게 잘 커줘서 땅도 사고 애들 공부 시키고 대학을 가르쳤다.

뜬금없이 노트 한쪽에 쓰인 이 구절을 한참 바라보았다. 짧은 문장이지만 소에 대한 깊은 애정과 함께 어머니 자신의 인생에 대한 뿌듯한 확신이 담겨 있었다. 가난한 살림으로 시작했지만 농사짓고 소를 키워 집안을 일으켜 세웠고, 본인은 공부를 많이 하지 못했지만 자식들을 대학까지 가르쳤다는 강한 뿌듯함이 느껴졌다.

그저 먹먹해서 말을 잃었다. 옆에서 나를 바라보는 어머니의 손

을 잡는 것밖에는 할 수 있는 게 없다.

신정숙 약전

가끔 그런 날이 있다. 어떻게 살아왔는지 돌아보는 날이. 내가 살아온 길을 되짚어볼 때도 있지만, 다른 사람의 인생을 곰곰이 생각할 때도 있다.

어머니의 인생을 되짚어본다. 내가 바라보는 어머니는 늘 같은 자리에서 무엇인가를 길렀다. 논에서 벼를 길렀다. 밭에서 고추와 들깨와 콩과 파와 가지를 길러 돈을 벌었다. 텃밭에서 토마토와 참외와 수박과 복숭아를 길러서 자식들에게 먹였다. 나는 그것들을 먹으며 자랐다. 집 뒤란에는 소담하게 앵두나무가 자랐고, 그 옆으로는 어머니가 일군 꽃밭이 있었다. 어머니는 농사일과 자식을 보살피는 일로 바빴을 텐데 틈을 내어 화단을 일구었다. 어머니가 가끔 좁다란 꽃밭을 물끄러미 바라볼 때가 있었는데 그 뒷모습이 오래 기억에 남는다.

어머니는 여러 동물을 길렀다. 닭에게 모이를 주었고, 돼지와 개에게도 밥을 꼭 챙겨주었다. 풀을 뜯어다 토끼에게 먹였다. 얼마 전부터는 동네를 돌아다니는 길고양이의 밥도 챙긴다. 그리고 소를 길렀다. 송아지가 태어날 무렵이 되면 탈이 나지 않도록 가족을 단속했다. 본인 병원비는 아끼면서 소가 아프면 지체 없이 수의사를 불렀다. 어머니는 다른 동물도 아꼈지만 아무래도 소가 큰 재산이다보니 더 애지중지했다.

그렇게 어머니는 계속 무언가를 길렀다. 그렇지만 세월은 흐르고 어머니가 기른 것들은 하나둘 곁을 떠났다. 힘에 부쳐서 농사짓는 논밭은 조금씩 줄어들었고, 꽃밭은 어느새 허물어져서 풀만 무성하다. 동물들도 잠시 살다가 떠나갔다. 다만 어머니 곁에는 여전히 든든하고 근사한 소가 있다. 소들이 대를 이어가며 어머니 곁에서 함께 살고 있다.

어머니에게 전화해서 요즘 별일이 없는지 묻는다. 그럼 어머니는 먼저 백 세가 된 할머니의 건강을 이야기한다. 그리고 아버지의 근황을 이야기한다. 그다음으로는 소 이야기를 꼭 꺼낸다. 얼마 전에 송아지를 낳았다든지, 송아지 낳을 때가 다가온다든지, 사료가 너무 비싸다든지, 소를 한 마리 사왔는데 잘생겼다든지, 송아지가 감기에 걸려서 치료비가 얼마 나왔다든지…… 그 이야기를 듣자면 축사의 풍경이 그려진다. 소들이 어떤 모습으로 사는지가 그려진다. 그리고 소에게 여물을 주고 똥을 치우는 아버지가 그려진다. 가끔씩 허리를 펴서 소들을 한번씩 굽어보는 어머니의 모습이 그려진다. 그러다가 어머니는 어떻게 지내나 물어보면 자기야 늘 별일 없다는 대답이다.

기억 속의 어머니는 늘 무언가를 기르는 중인데 지금도 또 무엇을 기르는 중이다. 평생 기르는 일을 해왔으니 그 방면에서 단연코 전문가라 할 수 있다. 어머니 신정숙씨는 4남매를 길렀는데 그중 한 명은 나다. 그것은 참 감사한 일이다.

소처럼 일하는 것보다는

지금이야 달라졌다는 이야기도 있지만 내 또래의 남자 중에서 아버지와 친근하게 대화하는 경우가 많지 않다. 나 역시 아버지와 말을 많이 하지 않는다. 어렸을 때도 그랬다. 온종일 같이 일해도 몇 마디 나누지 않았다. 아버지는 늘 심부름을 시키거나 일을 가르쳐줄 때를 빼면 별다른 말을 하지 않았다.

집을 떠나게 되면서 아버지와 이야기를 나눌 일이 더 적어졌다. 가끔 집에 전화를 걸었을 때 아버지가 전화를 받아서 안부를 물으면 그저 별일 없다면서 어머니에게 수화기를 건네기 일쑤였다. 휴대전화가 널리 쓰이게 된 후로는 아무래도 어머니에게 전화를 많이 걸었고, 아주 가끔만 아버지와 통화했다.

드물지만 아버지와 한참 이야기를 나눈 적이 있다. 10여 년 전이었는데 아버지가 건강이 안 좋아져서 서울의 한 대학병원에서 수술을 받았다. 다행히 수술 경과가 괜찮았다. 다만 수술 후에 한동안 입원해야 했는데 나는 이틀에 한 번씩 퇴근 후에 병원에 들렀다. 두세 시간 정도 병원에 머물면서 차도도 살피고 간호도 했다. 처음에는 영 어색했지만 자연히 이야기를 나누게 되었다.

나는 직장에 들어간 지 그리 오래되지 않았을 때였다. 퇴근하고 병원으로 온 아들의 모습이 지쳐 보였던지 아버지가 이렇게 말을 건넸다.

"남의 밑에서 일하기 힘들지?"

괜찮다고 이야기했지만 실은 사회 초년생이 다 그렇듯 힘든 일이 없지 않았다. 이것이 사회생활이구나 생각하면서도 버거워할 때였다.

내 마음이 아버지 눈에 보였나보다. 아버지는 남의 밑에서 일하기가 힘들면 언제든지 회사를 그만두고 고향으로 오라고 했다. 요즘 시골은 예전과 많이 달라졌다고, 기계도 많이 좋아졌다고, 몇 년만 고생하면 웬만한 회사원보다 돈을 많이 번다고 했다. 요즘 묘목 농사가 유행인데 내가 고향으로 온다면 산을 하나 사서 같이 묘목 농사를 짓자고 하였다. 그러니 힘들게 남의 밑에서 고생할 필요가 없다고, 마음을 편히 먹으라고 했다.

아버지가 왜 묘목 농사를 짓고 싶은지 어렵지 않게 짐작되었다. 아버지는 쌀, 고추, 담배, 옥수수 등 여러 농사를 지었다. 대개 수확이 괜찮거나 그리 나쁘지 않았는데 한번은 제대로 실패를 맛보았다. 포도 묘목을 사다가 집 뒤편의 텃밭에다 심고 몇 년 동안 공들여서 농사지었는데 나무가 잘 자라지 않았거니와 포도 열매는 내다팔 정도가 되지 못했다. 더구나 길 하나를 사이에 두고 이장 아저씨네 포도가 탐스럽게 열렸으니 날씨나 땅을 탓할 수도 없었다. 완벽한 실패였다.

아버지는 포도 재배에 실패했던 경험을 꼭 만회하고 싶은데 아무래도 혼자만의 힘으로 하기에는 쉽지 않으니 내가 고향으로 돌아간다면 한번 도전해볼 만하다 생각했을 것이다. 마침 사회생활로 버거워하는 눈치이니 남의 밑에서 일하기 힘들면 같이 고향에서 묘목 농사를 지어보자고 한 것이 분명했다.

아버지는 나더러 남의 밑에서 일하는 게 힘들지 않느냐고 물었지만 정작 아버지 자신은 말 그대로 '남'의 밑에서 일하며 월급을 받은 적이 없다. 아버지는 평생 고향인 옥천에서 살았다. 젊은 날에는 큰아버지와 함께 몇 년간 이발소를 운영했고, 어머니와 결혼할 즈음부터 할아버지 할머니와 함께 평생 농사를 지었다. 큰아버지 밑에서 이발을 하고 할아버지 할머니 밑에서 농사를 지었으니 평생 남의 밑에서 일한 적이 없는 것이다.

남의 밑에서 일하지 않았을 뿐 내가 기억하는 아버지는 늘 바쁘고 힘겨웠다. 새벽부터 일어나서 일하고 지치도록 일하고 늦게까지 일했다. 흔히 말하듯 소처럼 일했다. 남의 밑에서 일하지 않았을 뿐이지 누구보다도 힘겹게 일했다. 그리고 나도 어린 시절에 아버지 곁에서 힘겹게 일했던 기억이 아직도 선명했다.

그래서 고향에 가서 함께 묘목 농사를 짓는 게 어떠냐고 아버지가 물었을 때 나는 그저 빙긋이 웃었다. 남의 밑에서 일하는 게 나은 것 같아요, 아버지 밑에서 소처럼 일하는 것보다는. 이렇게 말하고 싶었지만 꾹 참았다. 아버지는 아직 회복기였으니까. 병원은 농담하기에 적당한 장소가 아니니까.

우유의 힘

내 키는 180센티미터가 조금 넘는다. 어린 시절에도 키가 큰 편이었는데 계속 자랐다. 남매 중에서는 물론이고, 명절이나 경조사에 일가친척이 모여도 내가 제일 크다. 어릴 때는 친척 형들이 정말 커 보였는데 어느새 내가 그들보다 더 커 있었다. 아버지는 중키이고 어머니는 조금 작은 편인데 나만 유달리 키가 컸다.

"너는 소젖 먹고 그렇게 컸나봐."

어머니는 가끔 이렇게 이야기한다. 나를 낳고 모유가 잘 나오지 않아서 곧 분유를 먹였다고 한다. 태어날 때도 작지는 않았는데 분유를 먹고 쑥쑥 자랐다고 한다. 물론 나야 기억나지 않지만.

　분유는 몰라도 우유를 부지런히 먹은 기억은 분명하다. 큰아버지와 작은아버지가 우유 회사에 다녔다. 두 분 모두 꽤 멀리 떨어진 도시에서 살았는데 이따금 우리집에 올 때면 회사에서 만드는 유제품을 몇 박스씩 차에 싣고 왔다.

　반가운 선물이지만 한 가지 문제가 있었다. 바로 유통기한이었다. 몇 박스나 되는 우유의 유통기한은 단 며칠이었다. 큰아버지나 작은아버지가 다녀가면 며칠 동안 어머니는 틈날 때마다 우유를 내놓았다. 오가다가 집에 들르는 사람이 있으면 부지런히 우유를 건넸다. 그리고 우리 남매에게도 우유 먹으면 키가 큰다고 자꾸 이야기했다.

　나는 '떠먹는 요거트'를 먹고 싶었다. 하지만 그건 유통기한이 우유보다 한참 길었다. 요거트보다는 우유를 먼저 먹는 게 급선무였다. 그래서 어머니는 내게 제안하곤 했다. 우유 다섯 개를 마시면 요거트를 하나씩 주겠다고. 나는 부지런히 우유를 마셨다. 요거트를 얻기 위해서 물 대신 우유를 열심히 마셨다. 온종일 집에 있는 날에는 요거트를 두 개 먹는 날도 있었다. 과장을 보태면 집에 들어온 우유 중에서 절반 정도는 내가 마셨다. 돌이켜보면 부지런히 뛰어놀기도 하고 일손도 돕고 했으니 목이 마를 때마다 마신 우유가 적지 않았을 것이다.

그렇게 우유를 물처럼 마시는 며칠이 지나고 나면 탈지분유의 나날이 기다리고 있었다. 우유에서 기름기를 빼서 가루로 만든 것인데 설탕과 섞어서 먹으면 고소했고 따뜻한 물에 타서 마셔도 맛있었다. 특히 추운 날 고구마나 떡을 구워먹을 때 함께 마시면 정말 꿀맛이었다.

할아버지와 할머니와 한집에 살았으니 큰아버지와 작은아버지는 꼭 명절이 아니더라도 한번씩 우리집에 들렀다. 그러니 집안에서 우유가 떨어지는 날이 별로 없었고, 나는 틈날 때마다 우유를 마셨다. 그 덕분인지 몰라도 계속 키가 컸다. 학교에 가면 또래 중에서 큰 축이었고, 설과 추석이 지날 때마다 친척 형들을 하나하나 따라잡았다. 그렇게 우리 집안에서 가장 키가 큰 사람이 되었다.

키가 아주 큰 편은 아니지만 가끔은 어떻게 그렇게 키가 컸느냐는 질문을 받는다. 어렸을 때 우유를 부지런히 먹어서 그렇다고 답한다. 우유를 먹는 것과 키가 크는 것 사이에 커다란 연관이 없다는 이야기가 많지만, 내 키가 가족보다 더 큰 이유를 설명할 다른 이유를 찾지 못했다. 그래서 우유 덕분이라고 말할 수밖에 없다.

소를 굶길 수는 없다

소는 하루에 두 끼, 아침과 저녁을 먹는다. 소를 키우는 집마다 조금씩 다르지만 일반적으로 볏짚과 사료를 먹인다. 볏짚 한아름과 사료 한 바가지가 보통 한끼 식사다. 널리 알려져 있다시피 소는 되새김질을 한다. 자기 덩치에 비해서는 그리 많지 않은 여물을 천천히 오래 씹어서 먹는다.

소는 농사일을 할 때 부릴 만큼 온순한 성격이지만 배고픔을 참을 만큼 인내심이 강하지는 않다. 밥때가 가까워오면 몇 마리 소가 벌써부터 소리를 지르며 얼른 여물을 달라고 보챈다. 사람이 나타나서 준비를 하노라면 부산스럽게 굴며 배고픈 티를 내곤 한다.

만약에 무슨 사정이 있어서 밥때가 지나도록 아무도 나타나지 않으면 소들은 일제히 목소리 높여 소리를 지른다. 얼른 여물을 내놓으라고 열심히 항의한다. 소 울음소리가 곧 잦아든다면 별일 아니지만 오래도록 소들이 난리를 칠 정도로 소리를 지른다면 그 집의 사람에게 무슨 일이 벌어졌을 가능성이 높다.

사람은 굶겨도 소를 굶길 수는 없다는 말이 있다. 소가 정말 소중하기 때문에 굶길 수 없다는 말이지만 소를 굶겼다가는 무슨 소동이 벌어질지 모르기 때문이라고 해도 크게 틀리지는 않은 말이다.

소를 키우는 사람은 아침저녁으로 먹는 것만 챙기는 것이 아니라 건강에는 별문제가 없는지 송아지를 낳을 때가 되지는 않았는지 살펴야 한다. 그러니 사람이 소를 두고 오랫동안 집을 비우기는 쉽지 않다.

부모님은 몇 해 전에 칠순을 기념해서 처음으로 외국 여행을 떠났다. 며칠 동안 여행을 떠나는 것도 거의 처음이었다. 여행을 가더라도 1박 2일을 넘지 않았다. 타지에 사는 자식의 집에 가서도 하룻밤을 지내는 게 고작이었다. 소를 보살피는 일을 다른 사람에게 오래도록 부탁하는 것을 부담스러워했다. 핑계 삼아 하는 이야기일지도 모르지만 소를 보살피는 게 중요한 일인 것은 분명했다.

소에게 여물을 주고 보살피는 일은 하루도 거를 수 없다. 농사일이야 하루쯤 미뤄둘 수도 있고, 여러 핑계를 댈 수 있다. 그렇지만 배가 고파서 소리를 지르는 소를 모른 척할 수는 없다. 때가 되면 외양간으로 가서 여물을 주고 사료를 주고 물을 주어야 한다.

우리집이 지어질 때부터 지금까지 한 번도 소가 살지 않았던 때가 없었으니 하루도 빠지지 않고 누군가가 소에게 먹을 것을 챙겨

주었을 게 분명하다. 할아버지가 돌아가신 날에도 누군가가 여물을 주었을 것이다. 할아버지의 장례는 집에서 치렀는데 3일장이 이어지는 동안에도 여물을 주었을 것이다. 하관식을 마치고 돌아와서도 누군가는 여물을 챙겼을 것이다. 집안의 어른이 돌아가셨다고 소가 배고픔을 참을 수는 없는 일이니까.

어머니가 병이 나서 수술을 받은 날에도, 할머니가 풍을 맞아서 쓰러진 날에도, 우리 가족 중 누군가가 세상을 떠난 때에도 누군가는 여물을 주었을 것이다. 그 사람은 대개 아버지였을 것이다. 늘 소처럼 우직하고 강건한 아버지는 어쩌면 외양간에서 여물을 주다가 눈물을 훔치기도 했을까. 어쩌면 목놓아 울기도 했을까. 엄청난 슬픔 속에서도 소의 여물을 챙겨주어야 한다는 것이, 먹고살아야 한다는 것이, 어쩌면 수치스럽지는 않았을까. 그럼에도 마음을 추스르며 다시 힘을 내자고 마음먹었을까.

가끔 고향에 가서 여물을 주기 위해 외양간에 들어서면 소들이 멀찌감치 물러난다. 매일 보던 아버지가 아니어서 놀란 것처럼 보인다. 그러다가 슬며시 여물통으로 다가와서 여물을 먹는다. 아버지와 내가 닮아서 금세 경계하는 마음이 사라진 것일까 생각해보기도 한다. 그리고 소들이 여물 먹는 모습을 오래 지켜본다. 소의 눈망울을 오래 바라본다. 그 안에 아버지의 젊은 날이 담겨 있을지 모르겠다고 생각하며.

편식의 이유

나는 어려서부터 무엇이든 잘 먹었다. 많은 사람이 먹는 일반적인 음식 중에서 먹지 못하는 게 없었다. 집에서는 반찬을 가리지 않고 잘 먹었다. 집 앞 개울가에서 자두도 따먹고, 논가에서 감도 따먹었다. 하굣길에 친구네 밭에서 당근도 뽑아 먹고 무를 뽑아 먹기도 했다. 새도 잡아서 먹었다. 열두시까지 기다렸다가 제사 음식을 먹고 자고, 부활절에는 교회에 가서 달걀도 얻어먹었다. 겨울에는 아궁이에 고구마나 밤을 구워서 먹었다. 친구네 집에 가서 이것저것 얻어먹기도 하고, 논밭에서 일하다가 새참을 먹기도 했다.

아무튼 다 잘 먹었다.

읍내에 있는 중고등학교를 다니면서 음식에 관해서 몇 가지 새로운 사실을 알게 되었다. 친구들은 못 먹는 음식이 한두 가지씩 있었다. 누구는 오이나 당근을 안 먹고 누구는 달걀을 먹지 않았다. 꽤 여럿이 우유를 먹지 않았고 김치를 안 먹기도 했다. 심지어 짜장면을 안 먹는 친구도 있었다.

알레르기 때문에 먹지 못하거나 그 음식을 먹었다가 체해서 다시는 먹지 않는 경우도 있었다. 그런데 의외로 그냥 먹기 싫어서, 징그러워 보여서, 식감이 이상해서, 냄새가 마음에 들지 않아서 먹지 않기도 했다. 낯설었다. 물론 나도 더 젓가락이 가는 반찬이 있고 덜 내키는 음식이 있었다. 하지만 가족과 함께 먹는 밥상에서 좋아하는 것만 줄기차게 먹을 수는 없었다. 맛난 반찬이 먼저 동나면 맛이 덜하더라도 다른 반찬을 곁들여 밥을 먹었다. 맨밥을 먹을 수는 없으니까. 나는 밥을 먹을 때마다 이런저런 반찬을 돌아가며 먹었는데 특별히 먹지 못하는 게 없었다. 그래서 특별한 이유 없이 어떤 음식을 먹지 못하는 게 낯설었다.

더 신기한 일은 반찬 투정이었다. 물론 나도 도시락을 열었는데 반찬이 아쉬우면 속으로 푸념하는 일도 없지 않았다. 그럴듯한 반찬을 싸가지고 온 친구를 부러워한 적도 있다. 하지만 어머니에게 이런저런 반찬을 해달라고 이야기한 적이 없다. 밥을 먹다가 반찬이 부실하다거나 맛이 없다고 이야기한 적이 없다. 그런데 친구들은 도시락 반찬이 마음에 들지 않으면 내일 도시락 반찬으로는 무엇을 싸달라고 해야겠다는 이야기를 곧잘 했다. 그리고 이튿날에 그 음식을 도시락 반찬으로 싸가지고 왔다. 참 신기했다.

새롭게 알게 된 것은 가끔 친구들이 반항의 의미로 밥을 거르기도 한다는 사실이었다. 몇몇 친구는 부모님의 반대에 부딪히거나 자기 고집대로 되지 않는 일이 있을 때, 밥을 먹지 않겠다고 선언한다고 했다. 나는 도무지 이해가 되지 않았다. 어떻게 자기가 밥을 먹지 않는 게 부모님에게 저항하는 수단이 된단 말인가. 자기 마음대로 되지도 않는데 도대체 왜 밥을 굶는단 말인가. 밥을 굶으면 부모님이 반대를 하지 않는단 말인가. 그야말로 너무나 낯선 일이었다. 나는 밖에서 놀다가 밥때를 놓친 적은 있지만 무언가를 관철하기 위해서 밥을 굶은 적이 없었다.

돌이켜보니 우리집이 대가족이었기 때문에 그랬던 것 같다. 여덟 식구가 같이 살다보니 아무리 푸짐하게 차려도 밥상 위의 음식은 금방 사라지니까, 아무리 많이 쟁여두어도 금방 바닥나고 마니까, 이것저것 가려서 먹을 형편이 아니었다. 더구나 부모님도 농사일로 늘 바빠서 4남매 중 누가 밥을 먹지 않는다고 해서 그걸 어르고 달랠 틈이 없었다. 나도 그것을 어렴풋하게나마 알았던 것 같다. 그러니 얻어낼 것도 없는데 굳이 밥까지 거를 이유가 없었다.

그런데 내가 먹지 않는 음식이 한 가지 있다. 지금껏 한 번도 먹지 않은 음식이 있다. 주변 사람 중에서 그 음식을 먹는 사람이 꽤 있고, 특별히 혐오스러운 음식도 아닌데, 나는 도무지 젓가락을 가져다 댈 생각을 하지 못한다. 바로 육회다.

어렸을 때는 육회를 본 기억이 없다. 그때는 고기를 신선하게 보관하기가 어려워서 그랬을 것이다. 어른이 되고 식당에 가거나 결혼식 등의 이유로 뷔페에 갔을 때 가끔씩 육회를 만났다. 사람들은 육회를 맛있게 먹었다. 나는 왠지 육회를 먹기가 꺼려졌다. 특별한 이유는 없었다. 이상한 냄새가 나는 것도 아니고, 먹어보지 않았으니 맛이 이상해서 그런 것도 아니었다. 어린 시절의 내가 도무지 이해하지 못했던 오이나 당근을 그냥 싫어하던 친구들처럼 그냥 육회를 먹고 싶지 않았다.

물론 어렸을 때도 소고기를 좋아하지는 않았다. 나는 소가 태어나는 모습도 지켜보고 여물도 주고 논밭으로 같이 일하러 다녔다. 뿔도 만져보고 얼굴도 쓰다듬어주었다. 외양간을 탈출하면 붙잡으러 다니기도 했다. 그래서인지 소고기를 먹는 게 영 내키지 않았다. 특별히 애써서 먹지 않은 것은 아니었다. 그저 손이 가지 않았을 뿐이다.

소와 떨어져서 살게 되면서 점차 마음이 무뎌졌는지 조금씩 소고기를 먹었다. 하지만 늘 주머니가 넉넉하지도 않았고 소고기가 비싸다보니 자주 먹지는 못했다. 그런데 소고기를 먹어도 육회에 만큼은 손이 가지 않는다. 물론 구운 소고기는 먹고 육회는 먹지 않는 것을 논리적으로 요령 있게 설명할 길은 없다. 그저 육회는 먹고 싶지 않다. 특별한 이유는 없다. 그저 먹고 싶지 않을 뿐이다.

어렸을 때는 오이나 당근, 김치나 짜장면을 먹지 않는 친구를 이해할 수 없었다. 이제야 이해할 수 있다. 친구들도 정확하게 설명할 수는 없지만 분명한 이유가 있었을 거라고.

쇠귀에 경 읽기

고등학교에 다닐 무렵이었다. 그때 나는 한껏 어른인 척하고 다녔다. 꿈꾸는 모든 것을 이룰 수 있다고 믿었고, 그러다가 실패를 경험하기도 하겠지만 툭툭 털고 일어날 수 있다고 믿었다. 세상에 대해서 안다고 믿었다. 아직 모르는 게 없지 않지만 곧 세상에 대해서 달통하리라 믿었다. 앞으로 세상이 어떻게 달라질지도 얼마쯤 내다볼 수 있다고 자신했다.

그 무렵에 어느 날부터인가 갑작스럽게 소의 가격이 바닥으로 내달렸다. 계속 떨어져서 이전의 절반 이하로 내려갔다. 텔레비전에서는 연일 가격 폭락에 대한 뉴스가 나왔다. 부모님은 줄곧 걱정이었다. 솟값이 떨어진다고 해서 사료 가격이 떨어지는 건 아니었으니 소를 키울수록 손해를 보는 상황이었다. 누군가는 정부의 대책을 요구하며 거리로 나섰고, 누군가는 눈물을 머금은 채 소를 내다팔고 더는 소를 키우지 않게 되었다.

부모님은 소 두 마리를 팔기로 결정했다. 사료 대금을 치러야 했다. 예전이라면 한 마리만 팔아서 마련할 수 있는 돈을 위해 두 마리를 팔아야 했다. 앞서 말했다시피 그때 나는 세상에 대해 많은 것을 안다고 생각했다. 내가 보기에 아마도 시간이 지나면 솟값이 다시금 본래의 가격으로 돌아갈 것 같았다. 일시적으로 소가 많아졌기 때문에 가격이 떨어졌을 텐데 값이 떨어지면 소고기 소비량이 늘어나고, 얼마쯤 지나면 다시 소가 줄어들 것 같았다. 그럼 자연히 솟값은 다시 본래의 가격 근처로 돌아갈 게 분명했다.

부모님에게 이야기했다. 소를 팔면 안 된다, 오히려 지금은 소를 사야 할 때다, 사람들이 소고기를 먹지 않고 살 수는 없다, 곧 원래의 가격으로 회복할 것이다, 지금 소를 판다면 큰 손해를 보는 것이다, 주변에서 돈을 빌리거나 농협에서 빚을 얻어서라도 소를 사야 한다, 주변에 소를 파는 사람이 있다면 외상으로라도 소를 사야 한다……

어머니는 그저 나를 물끄러미 바라보았다. 소를 사고파는 일은 알아서 하겠노라고, 마음 쓰지 말라고 손을 내저었다. 답답했다. 부모님은 왜 앞날을 내다보는 일에 저리도 어두운지 도대체 왜 아들의 말에 귀를 기울이지 않는지 답답했다. 그래서 몇 번이고 소를 팔지 말고 사야 한다고 이야기했지만 부모님은 전혀 귀담아듣지 않았다.

부모님은 소 두 마리를 팔아서 사료 대금을 치렀다. 솟값이 폭락한 상황에서 소를 내다파니 그 빈자리가 더욱 커 보였다.

얼마쯤 시간이 지나서 솟값은 바닥을 치고 조금씩 올랐다. 곧 원래의 가격을 회복했다. 역시 내 생각이 맞았군, 하며 나는 득의만만했다. 한편으로는 아쉬운 마음이 들었다. 만약 부모님을 더 강하게 설득해서 열 마리만 샀다면 커다란 이익을 얻었을 텐데……

그런데 부모님은 전혀 달랐다. 솟값이 본래의 자리를 되찾았으니 다행이라는 반응이었다. 심지어 농사로 번 돈을 가지고 소를 사겠다고 나섰다. 도무지 이해가 되지 않았지만 그렇다고 막아서지 않았다. 부모님과는 생각이 다르다고 생각했을 뿐이다.

그 시절의 내가 얼마나 철없었는지 생각하면 지금도 부끄러울 정도다. 만약 부모님이 여기저기서 돈을 빌려 소를 열 마리쯤 샀다면, 그래서 솟값이 회복되었을 때 팔았다면 큰 이익을 얻었을 것이다. 그렇지만 만약 가격이 바닥을 모르고 더 떨어졌다면 어떻게 되었을까. 남은 소마저 헐값에 팔아서 빚을 갚아야 했을 것이다. 우리집은 형편이 아주 어려워졌을 것이다. 그래서 부모님은 수익을 얻는 쪽이 아니라 위험을 피하는 쪽을 선택했던 것이다. 그것은 아마도 삶의 태도에서 비롯된 것이 분명하다. 4남매의 앞날을 걱정하는 마음에서 비롯된 것이 분명하다.

더구나 부모님에게 소는 단순히 이익을 얻는 수단이 아니었다. 이익이 된다는 이유로 사들이거나 내다파는 가축이 아니었다. 물론 목돈이 필요할 때면 소를 팔 수밖에 없지만 담을 이웃하고 사는 동안에는 얼마쯤 가족처럼 여겼던 것이다. 그러니 소를 싼값에 샀다가 나중에 비싸게 팔아서 돈을 벌자는 철없는 아들의 이야기가 얼마나 가당찮고 한심스러웠을까. 그럼에도 부모님이 별다른 이야기를 하지 않았던 이유는 '쇠귀에 경 읽기'라는 생각 때문이었을까.

정보화 시대의 도래

1993년에 새로운 대통령이 취임했는데 그 무렵부터 텔레비전 뉴스에서 지구촌이니 세계화니 하는 말이 자주 들렸다. 정확하게 알지 못했지만 이제 외국이 전처럼 먼 곳이 아니고 쉽게 오갈 수 있게 된다는 말이라고 생각했다. 그리고 산업화 시대를 지나서 정보화 시대가 다가온다는 이야기가 들렸고, 컴퓨터를 배워야 한다고 했다. 시대의 변화에 발맞추어야 한다는 이유로 나는 5학년 겨울방학에 읍내에 있는 컴퓨터 학원을 두 달 동안 다녔다. 물론 게임을 열심히 하고 짜장면을 먹은 기억밖에 나지 않는다.

1995년에 우리집에서는 처음으로 컴퓨터를 샀다. 무려 300만원을 주고 읍내 대리점에서 샀다. 최신형 삼성 매직스테이션 컴퓨터였다. 문자 그대로 소를 팔아서 컴퓨터를 샀다. 당시에 큰 소의 가격이 300만원 정도였다. 나는 컴퓨터 가격을 알게 된 후로 영 못마땅했다. 컴퓨터로 할 수 있는 게 정말 많다지만 아무리 그래도 저런 기계 덩어리가 소와 같은 값이라는 걸 믿을 수 없었다. 무슨 대단한 일을 하는 기계라고 소 한 마리의 가격이나 되는지 괜히 밉기까지 했다.

미움은 곧 사라졌다. 게임에 맛을 들이면서 밤늦게까지 컴퓨터 앞에 앉아 있었다. 점점 더 성능이 좋은 컴퓨터를 가지고 싶어했다. 소에게서 조금씩 멀어졌고 컴퓨터에게로 아주 가까워졌다. 중고등학교를 다니는 동안에 세간의 예측과 호들갑처럼 점점 컴퓨터가 일상 속으로 들어왔다. 사람들은 PC통신을 통해서 얼굴도 알지 못하는 낯선 사람과 이야기를 나누었다. PC방이 생기고 스타크래프트 게임이 엄청나게 유행했다. 바야흐로 정보화 시대가 도래했다.

　세상은 더욱 빠르게 바뀌었다. 인터넷이 널리 퍼졌고, 다들 스마트폰을 들고 다닌다. 지구 반대편의 소식을 거의 실시간으로 전달받는다. 아무리 멀리 떨어져 있어도 얼굴을 보며 이야기를 나눌 수 있다. 정보화 시대란 말을 쓰지 않을 만큼 그것은 우리의 일상이 되었다. 처음 산 컴퓨터를 미워하기까지 했던 나부터도 하루에 많은 시간을 컴퓨터 앞에서 보낸다. 처음 컴퓨터를 마주했을 때 느꼈던 불편한 감정을 이제는 전혀 느끼지 않는다. 짬이 날 때 스마트폰을 열어서 보는 게 익숙하다. 소와 함께 보내는 시간은 거의 없다. 가끔 고향집에 가서 여물을 줄 때나 만날 수 있다. 정보화 시대가 도래하는 동안 소와 나의 거리는 멀찌감치 떨어지게 되었다.

　아쉬움을 조금이나마 달래는 마음으로 생각하자면 그동안 컴퓨터의 가격은 많이 떨어졌지만 소의 가격은 올라갔다. 지금은 소를 팔면 컴퓨터를 두세대쯤 살 수 있다.

따뜻한 등

일곱 살 무렵이었다. 일소를 끌고 밭으로 나서는 할아버지 옆에 서 있었는데 대뜸 할아버지가 소의 등에 한번 타보겠느냐고 물었다. 호기심이 들었지만 무섭기도 해서 선뜻 대답하지 못했는데 할아버지가 무서워서 머뭇거리느냐는 듯 살짝 웃었다. 그래서 괜히 용기를 내어 소의 등에 타보겠다고 나섰다.

칠순의 할아버지가 나를 번쩍 안아서 소의 등에 앉혔다. 소는 가만히 있었다. 나는 소의 등을 붙잡은 채 무서워하는 동시에 신기해

했다. 그리 오래 앉아 있지는 않았지만 손바닥의 촉감과 소의 등에 앉아서 바라본 풍경은 고스란히 기억에 남아 있다.

소의 등에 탄 것은 딱 한 번이다. 하지만 돌이켜보면 줄곧 소의 등에 타고 오늘까지 살아온 기분이다. 소의 등에 탄 것은 한 번뿐이지만 나는 한 번도 그 등에서 내리지 않은 것 같다. 소가 나를 등에 태우고 중학교에 가고 고등학교에 가고 대학교에 간 것 같다. 나를 태우고 여기까지 온 것 같다.

소를 타고

시골길을 걸어서

읍내를 누비고

고속도로를 지나서

여기까지 왔지

바닥에 떨어지지 않으려

너의 목을 꼭 껴안고 왔지

너는 뚜벅뚜벅 왔지

나를 태우고

여기까지 왔지

추운 날이 닥칠 때마다

너의 목을 꼭 껴안고 울었지

너를 타고 왔지

여기까지 왔지

지금까지 살아왔지

3^부

소가 그립소

복

어미 배에서

아홉 달을 살다가 태어난다

금세 걷는 법을 배운다

젖 떼고 여물을 먹고

외양간 밖을 몇 번 뛰어다니면

뿔이 돋는다

코가 뚫리고 고삐에 묶인 채

부지런히 살을 찌우다가

멍에를 쓴다

무거운 바위를 끌고 다니며

일소가 된다

콧김을 푹푹 내뿜으며

논밭을 갈고

달구지를 끌고 다닌다

힘겨운 하루를 겨우 견디고

저물녘에 집으로 돌아오는

일소만이

늙어서 죽는 복을 누리나니

사이가 멀어지다

1995년 6월 27일, 중학교 1학년이었던 나는 태어나서 줄곧 자란 시골 마을에서 읍내로 이사했다. 날짜까지 기억하는 이유는 그날 우리나라의 첫 지방선거가 열렸기 때문이다.

그해에 형은 도청소재지의 대학에 입학했고, 큰누나는 읍내에 있는 고등학교 학생이었고, 작은누나는 중학교 3학년이었다. 당시에는 고등학교에서 야간자율학습을 반강제적으로 할 때였는데 우리 마을은 일찌감치 버스가 끊겼다. 그래서 얼마씩 돈을 받고 승합

차로 학생들의 하교를 도와주는 아저씨가 있었다. 그런데 인근에 사는 학생 숫자가 현저히 줄어드는 바람에 도무지 수지가 안 맞아서 그 아저씨가 일을 그만두었다.

어머니가 결단을 내렸다. 읍내의 중학교, 고등학교 가까운 곳에 집을 얻어서 자식들을 내보내기로 한 것이다. 그렇게 하루아침에 소를 키우는 고향집에서 읍내로 이사했다. 아침저녁으로 소와 만나다가 가끔 주말에만 만나는 사이로 바뀌었다. 소와 함께 살지 않게 된 지가 벌써 30년 가까이 되었다. 그래서 고향집을 떠난 1995년과 최근 사이에 소를 키우는 형태가 어떻게 달라졌을지 궁금해서 이런저런 통계를 찾아보았다.

1995년에는 모두 532,226곳에서 한우와 육우 2,372,483마리를 키웠다. 한 집에서 평균 네다섯 마리 정도를 키웠다. 한두 마리씩 키우는 집이 많았을 테고, 그중에는 일소도 꽤 있었을 것이다. 젖소는 24,902곳에서 모두 550,077마리를 키웠다. 평균 스물두 마리

131

정도를 키웠다. 덧붙이자면 한우란 토종 소를 일컫고, 육우란 한우와 젖을 짜는 암젖소를 빼고 고기를 얻기 위해서 키우는 소를 부르는 말이다.

재미있는 것은 서울의 21곳에서 311마리의 한우 혹은 육우를 키웠다는 것이다. 부산에서는 800곳에서 3,067마리를 키웠다. 그때만 해도 대도시에서 어렵게나마 소를 키우는 곳을 볼 수 있었던 것이다.

나는 읍내로 이사한 후에는 소와 자주 만나지 못했다. 고등학교에 들어가자 한 달에 한 번 보기도 쉽지 않았다. 대학에 가고 군대를 다녀오고 직장생활을 하면서 1년에 몇 번 보는 게 전부가 되었다. 지금 나는 고향에서 멀리 떨어진 곳에서 살아간다. 그사이에 나도 많이 달라졌고, 소를 키우는 풍경도 많이 달라졌다.

2020년 말 기준으로 전국 93,178곳에서 한우와 육우 3,395,186마리를 키운다. 한우가 3,227,181마리, 육우가 168,005마리다. 한 곳 당 평균적으로 36마리 조금 넘게 키운다. 젖소는 6,106곳에서 409,790마리를 키우는 중이다. 평균 67마리가 조금 넘는다.

흥미로운 건 서울에도 한우를 키우는 집이 딱 한 곳 남아 있고, 그곳에서 모두 77마리를 키우고 있다는 사실이다. 젖소를 키우는 곳도 한 곳이 있는데 그곳에서는 13마리를 키우고 있다.

내가 고향집을 떠난 1995년과 최근 사이에 소를 키우는 일은 많이 달라졌다. 먼저 소를 키우는 곳이 줄었다. 1995년에는 소를 키우는 곳이 모두 50만 호를 넘었는데 2020년에는 10만 호가 채 되지 않았다. 80퍼센트 넘는 가구가 소를 키우지 않게 되었다. 일소가 사라지다시피 한 게 결정적 이유일 것이다. 경운기와 트랙터 등 농기계가 일소를 완전히 대체하면서 한두 마리씩 소를 키우던 집이 현저하게 줄었을 게 분명하다.

소를 키우는 곳은 줄어들었지만 한 곳에서 평균적으로 키우는 마릿수는 크게 늘었다. 1995년에 4.5마리였던 평균 사육 두수가 2020년에는 36마리를 넘었다. 총 마릿수도 거의 100만 마리가 늘었다. 1인당 소고기 소비량은 1995년 6.7킬로그램에서 2019년에 13킬로그램으로 두 배 가까이 늘었다. 소비량이 늘었으니 소를 더 많이 키우게 된 것도 당연한 일이다. 통계를 살피다보니 변화가 더 확연하게 느껴진다.

어린 시절에 소고기를 먹은 기억이 별로 없다. 가끔 제삿날에 국에 들어 있는 소고기를 먹는 정도였다. 줄곧 소를 키웠지만 워낙 비싸서 대식구가 소고기를 구워먹는 일은 거의 없었다. 여전히 소고기는 비싸지만 그래도 예전보다는 부담이 덜해졌다. 사람들에게 조금 더 가까운 음식이 되었다. 그렇게 소는 고기가 되었다.

이제 쟁기를 끌고 밭을 가는 소를 보기는 정말 어려워졌다. 1995년에 소를 키우던 다섯 곳 중에서 네 집의 외양간은 비어 있거나 헐려버렸다. 소를 키우는 곳도 많은 수를 관리하다보니 더 체계적이고 위생적으로 키우게 되었겠지만 한 마리 한 마리에 정성을 쏟으며 마음을 주기는 어려워졌을 것이다.

  그렇게 소와 사람 사이가 멀어졌다.

---

* 국가통계포털의 「축종별 시도별 가구수 및 마리수」, 한우자조금관리위원회 통계자료실의 쇠고기 수급 총괄 자료를 참고했다.

갈비탕과 꽃등심

고등학교를 졸업하고 서울로 갔다. 역시나 별다른 연고 없이 서울에서 살아가는 일은 고달팠다. 다행히 대학 1학년 때는 기숙사에서 살았다. 그러다가 선배의 반지하 집에 얹혀살았다. 군대에 다녀온 후에는 옥탑방에서 잠시 살았고, 학교에서 멀리 떨어진 곳에서 살기도 했다. 이슬람사원이 보이는 언덕배기의 단칸방에서도 살았다.

가끔 동네 뒷산에 오르거나 버스를 타고 언덕배기를 지날 때면 저렇게 많은 집 중에 내 집 하나가 없다는 게 참 서러웠다. 많은 이가 하는 비슷한 한탄을 나도 했다. 집만 문제였던 게 아니다. 어려서부터 시인이 되고자 마음먹고 오래도록 신춘문예에 응모했다. 대체로는 아무 일도 없었고, 가끔씩은 신문에 실린 심사평에 이름이 언급되기도 했지만 결국 탈락이었다. 주변을 둘러보면 벌써 어엿한 작가가 된 이도 있었고, 취업을 준비하는 친구들은 하나둘 시험에 붙거나 회사에 들어갔다.

그것뿐이겠는가. 젊은 날의 어려움에 연애가 빠질 수 없다. 애인과 함께 즐거운 날을 보내기도 했지만 서로 마음이 상해서 투덕거리는 날도 있었다. 가끔 애인과 다투고 나서 힘겨워했다. 그렇게 서울에서 살았다. 어떻게든 버텼다.

서울살이가 10년쯤 지났을 20대 후반 무렵에는 노량진에서 살았는데 뭐 하나 제대로 되는 일이 없다는 생각이 자꾸 들었다. 버티는 게 힘겨웠다. 왜 이렇게 되는 일이 없을까, 왜 이렇게 가진 게 없을까, 한탄했다. 어쩌면 이런 삶이 오래도록 이어질 수 있겠다는 불안감에 휩싸이기도 했다. 도무지 힘이 나지 않았다.

그렇게 사는 게 힘에 부칠 때는 특별한 이유도 없이 갈비탕을 먹으러 갔다. 동작구청 근처에 있는 식당에 가서 땀을 뻘뻘 흘리며 소고기가 든 갈비탕을 먹었다. 소고기와 밥은 물론 국물까지 남기지 않고 다 먹었다. 그리고 밖으로 나오면 왠지 힘이 났다. 그렇게 한참을 다시 버텼다.

도무지 힘이 나지 않는 날도 있었다. 내가 가진 것이 부족한 게 아니라 나라는 사람 자체가 너무나 부족하다는 생각이 들 때가 있었다. 나는 보잘것없는 사람이므로 앞으로 열심히 노력한다고 해도 역시나 보잘것없으리라는 생각이 몸과 마음에 가득차오를 때가 있었다. 글은 잘 써지지 않았고, 연애는 어려웠고, 돈은 늘 부족했다.

그럴 때는 쓰러지기 일보 직전인 몸을 억지로 일으켜 세웠다. 가진 돈을 탈탈 털어서 근처 정육점으로 갔다. 꽃등심을 한 근 사서 집으로 돌아왔다. 작은 그릇에 소금과 참기름을 부어서 장을 만들었다. 가스불에 프라이팬을 올려놓고 꽃등심을 구웠다. 가스불 앞에 서서 고기가 익는 대로 장을 찍어 먹었다. 꽃등심을 꼭꼭 씹어서 먹었다. 꽃등심을 먹는 동안에는 아무 생각도 하지 않았다. 그저 먹었다.

꽃등심을 먹고 나면 얼마쯤 힘이 나는 느낌이 들었다. 꽃등심을 먹는다고 해결되는 일은 아무것도 없었지만, 주머니는 더욱 가벼워졌지만, 그래도 내가 아주 못났다는 느낌만은 좀 가라앉았다. 다시 한번 애를 써보겠다는 마음을 먹을 수 있었다.

가스불 앞에서 꽃등심을 구워먹는 내 모습이 눈에 선하다. 20대의 내가 고기를 꼭꼭 씹어 먹는다. 고개는 푹 숙이고 있다. 눈물을 흘리지는 않지만 울지 않는다고 말하기는 어렵다. 다만 그때 다시 한번 힘을 내서 다행스럽다는 생각이 든다.

그런데 여전한 궁금증이 하나 남는다. 왜 갈비탕이었을까? 왜 꽃
등심이었을까? 그러니까 왜 소였을까? 얼마쯤 근사치의 답을 내놓
을 수는 있겠지만 정확한 답을 찾지 못했다. 그래서 그저 궁금증으
로 남겨두었다.

소떼를 몰고

1998년도에 우리나라의 한우가 전 세계의 주목을 받았다. 지금도 가끔 회자되는 일인데 그 시절을 보낸 이라면 기억할 것이다. 그해 6월에 현대그룹 명예회장 정주영이 소떼를 몰고 북한으로 갔다. 군인이나 정부 인사가 아닌 사람이 판문점을 지나 북한으로 가는 일은 처음이었다. 전 세계의 언론이 이 모습을 전했고, 수많은 사람이 지켜보았다. 국내에서도 많은 이가 감격했으며, 남북 관계가 한 발짝 나아갈 것이라고 믿었다. 성급하지만 통일에 가까워지고 있다는 이야기도 들렸다.

남북 사이에 부는 따뜻한 바람 속에 소가 있었다. 정주영은 북한에 선물할 소를 트럭에 태우고 북한으로 향했다. 텔레비전 속에서 소를 실은 트럭이 줄줄이 달렸다. 그 트럭이 달리는 동안 거리에 나온 사람들이 열렬하게 환송했다.

소를 실은 트럭이 북한으로 달려가는 모습을 보며 신기해하는 한편으로 왜 하필 소떼를 몰고 가는지 궁금하기도 했다. 널리 알려져 있다시피 강원도 태생의 정주영은 10대 후반에 부친이 소를 판돈을 훔쳐서 상경했다고 한다. 나중에 사업으로 성공하지만 그때는 이미 한국전쟁 이후로 고향이 북한 지역이 된 이후였다. 고향을 방문할 길이 막혀버렸다. 부친의 소 판 돈을 몰래 훔쳐서 달아난 마음의 빚을 갚을 길이 가로막힌 것이다.

평생 민첩한 사업 수완을 보여준 이답게 소떼를 몰고 북한을 방문한 배경에 금강산 관광 등 사업적 목표도 있었을 것이다. 그럼에

도 마음 한쪽에 남아 있던 고향에 대한 애틋한 마음과 일말의 죄책
감을 덜고자 하는 인간적인 바람도 분명 있었을 것이다.

소떼 방북은 많은 사람에게 깊은 감명을 남겼다. 무엇보다도 그
당시의 적지 않은 사람이 분단으로 인한 상처를 간직하고 있었고,
평화를 향한 갈망이 강력했기 때문에 소떼 방북이 깊이 각인되지
않았을까. 그리고 얼마쯤은 소였기 때문일 것이다. 대부분의 사람
이 어린 시절에 집에서 소를 키웠거나 시골의 할아버지댁이나 할
머니댁에 가서 소를 만져보거나 한 기억, 소와 관련된 추억을 가지
고 있었기 때문이 아닐까 싶다.

북한으로 가면서 선물로 소를 택한 것은 우리 민족이 오랫동안
소와 함께 살아왔기 때문이다. 그래서 남북 관계의 발전을 도모하
는 상징으로 삼기에 충분했을 것이다. 나아가서는 우리가 소를 키
우고 일을 시켜서 농사를 짓던 같은 민족이라는 것을 새삼 상기시
킬 수 있기 때문인 듯하다.

그렇게 소떼 방북은 잊지 못할 사건이 되었다. 소가, 특히 우리 나라의 한우가 이토록 세계적인 관심을 끈 일은 여태껏 없었다. 앞으로도 다시 그런 일이 일어나기는 어려울 것이다. 많은 사람의 기억 속에서 남북 분단의 실감이 자꾸 멀어지는 것처럼 소에 관한 추억 역시 멀어지는 중이기 때문이다.

워낭 소리

10여 년 전에 영화 〈워낭 소리〉(2008, 이충렬 연출)가 큰 인기를 끌었다. 나는 영화가 본격적으로 흥행하기 전에 먼저 영화관을 찾았다. 평소에 영화에 큰 관심이 있지 않았고 다큐멘터리영화라면 영화관에서 본 적이 거의 없었다. 하지만 소에 관한 다큐멘터리영화라고 하니 관심이 가서 기다렸다가 개봉하자마자 영화관을 찾았다. 서울 압구정의 작은 영화관이었는데 그래도 사람이 꽤 들어찼다. 영화관에는 보통 젊은이가 많기 마련인데 그날은 중년의 관객이 제법 많았다. 아마도 소에 관한 추억을 간직한 시골 출신이 아니었을까 싶다.

영화 속에서 논밭을 오가며 일하는 일소를 보고 우리집 외양간에 살던 소를 떠올렸다. 일을 마치고 소가 끄는 달구지를 타고서 집으로 돌아오는 주인공 할아버지를 보면서 돌아가신 할아버지의 모습이 겹쳐 보였다. 주인공 할머니는 고향집에서 살고 있는 할머니와 많이 닮아 있었다.

나는 영화가 상영되는 내내 울었다. 왜 이렇게 눈물이 나는지 알지 못했다. 그저 쏟아지는 눈물을 어쩌지 못해서 앞섶이 다 젖도록 울었다. 옆에 앉아서 같이 영화를 보던 여자친구는 처음에는 달래주다가 도무지 어쩔 수 없다는 듯이 그대로 두었다. 나만 그런 게 아니었다. 영화를 볼 때는 몰랐지만 영화가 끝나고 나서 밖으로 나올 때 보니 얼굴에 눈물자국이 선명한 사람이 적지 않았다.

영화가 끝나고 밖으로 나와서 차를 마시며 몸과 마음을 추슬렀다. 여자친구는 시골 출신의 남자친구가 유년 시절의 고향과 닮은 모습을 담은 영화에 빠져서 내내 눈물을 흘린 게 영 신기했는지 별다른 말도 없이 그저 가만히 옆에 앉아 있었다.

돌이켜보면 그때 〈워낭 소리〉를 보며 느꼈던 것 같다. 이제 다시는 저 영화 속 세계로 돌아가지 못하리라는 것을. 이제 고향집은 물론이고 인근 어디에도 일소가 없다. 소는 쟁기를 끌지 않는다. 달구지를 끌고 다니지 않는다. 풀밭을 돌아다니며 풀을 뜯지 않는다. 소는 축사에서 태어나서 몸집을 키우다가 팔린다.

이제 고향에는 할아버지가 없다. 긴 회초리로 소의 엉덩이를 때리며 쟁기를 붙잡고 있던 할아버지가 없다. 어린 나를 데리고 다니며 농사일을 가르쳐주던 할아버지가 없다. 내가 결혼할 때까지는 어려울 것 같고 대학에 갈 때까지는 열심히 농사지어 학비를 대겠다고 이야기하던 할아버지가 없다.

고향집에는 여전히 할머니가 있다. 어린 손자의 도시락을 싸주던 할머니는 이제 백 세가 되었다. 소가 쟁기를 끄는 동안 밭을 매던 할머니는 이제 거동이 불편해서 대개는 방에 누워 있다. 그리고 〈워낭 소리〉를 보며 느꼈던 것 같다. 나는 저 영화 속 세계에서 열심히 도망쳐왔다는 것을.

지금이야 어린 시절의 풍경을 그리워하며 되새기지만 그 시절 속의 나는 새로운 세계로 떠나고 싶어했다. 온 가족이 온 힘을 다해서 농사를 지어도 그리 넉넉하지 못했던 생활에서 벗어나고 싶었다. 새벽에 일어나서 일하고 학교에 갔다가 집에 돌아와서 또 일을 해야 하는 생활이 싫었다. 학교에 가는 평일이 온종일 일해야 하는 주말보다 더 나았던 시절에서 도망치고 싶었다.

나는 도망치는 데 성공했다. 고향집을 떠나 읍내 자취방에서 살면서 중고등학교를 다녔다. 서울에 있는 대학으로 진학하면서 고향에서 더 멀리 도망쳤다. 월화수목금에 출근하고 주말에는 집에서 쉬는 직장을 구했다.

그런데 서울의 영화관에서 그토록 도망치고 싶어했던 풍경과 마주친 것이다. 내가 살았던 모습과 닮은 영화 속 풍경에서 느껴지는 그리움과 내가 그토록 도망치고 싶었던 공간에서 이제 멀리 떨어져 있다는 안도감이 뒤섞였다. 그리움과 죄책감과 안도감이 뒤죽박죽이 되어서 눈물로 흘러내렸던 것 같다. 말끔하고도 은은한 워낭 소리가 나를 꾸짖으면서 동시에 나를 위로해주었던 것도 같다.

출근의 힘겨움

책 만드는 일을 하며 먹고산다. 이런저런 힘겨움이 있지만 그래도 일하는 게 즐겁고 보람 있다. 아쉬운 부분이 없지 않지만 일터도 마음에 든다. 함께 일하는 사람들과도 잘 지내는 편이다. 가끔은 회사를 그만두고 싶다는 생각이 들지만 그래도 지금까지 10년 정도를 꾸준히 다니는 중이다.

한번은 동료 일고여덟 명과 함께 술을 마셨다. 출근의 힘겨움에 대해 이야기를 나누었는데 모두 아침에 출근하는 게 너무 힘들다고 했다. 휴가를 쓸까, 아프다고 할까, 아침마다 침대에 누워서 생각하다가 일어난다고 했다. 그럼에도 다들 지각도 하지 않고 성실하게 회사를 다니지만.

출근의 힘겨움에 대한 이야기를 듣다가 다른 사람들과 내가 다르다는 생각을 했다. 나는 아침에 출근하는 게 그리 고통스럽지 않다. 알람을 들으면서 깨어날 때는 얼마쯤 뒤척이기도 한다. 하지만 늦지 않게 일어나서 시원하게 샤워하고 아침을 먹고 출근한다. 하루 동안 해야 할 일을 생각하며 차를 운전해서 사무실로 간다. 물론 해야 할 일을 생각하면 머리가 지끈거릴 때도 있다. 하지만 얼마쯤 설레기도 한다.

왜 다들 출근을 힘들어하는지 나는 왜 다른 사람들보다 덜 힘들어하는지 생각했다. 정답일지는 모르겠지만 그럴듯한 이유를 찾았다. 나는 어릴 때부터 출근하는 삶을 꿈꾸었다. 아침에 출근해서 저녁에 퇴근하는 하루를 꿈꾸었다. 일하지 않고 쉬는 주말을 꿈꾸었다. 어렸을 때 꿈꾸었던 생활을 하고 있는 중이니 그리 불만스러운 게 없는 것일지도 모르겠다는 생각이 들었다.

어렸을 때도 등교를 힘들어하는 친구들이 있었는데 나는 별로 힘들이지 않고 학교에 다녔다. 친구들은 학교에 가지 않는 주말을 기다렸지만 나는 주말이 그리 반갑지 않았다. 농사짓고 소를 키우는 일에는 당연히 평일과 주말이 따로 없는데 평일에야 학교를 가야 했으니 일을 돕더라도 조금밖에 할 수 없었지만 주말은 달랐다. 점심 무렵에 수업이 끝나는 토요일에는 집에 돌아와서 점심을 먹고 일했다. 일요일에는 학교에 가지 않으니 낮 동안에는 대개 일을 하며 보냈다. 아침을 일찍 먹고 일하고 점심 무렵에 좀 쉬었다가 오후에 또 일했다.

한창 뛰어놀고 싶을 나이에 힘든 일을 하는 게 마음에 들지 않았다. 아버지가 회사에 다니는 친구들은 주말을 여유 있게 보냈다. 그게 참 부러웠다. 그래서 나중에 어른이 되면 회사에 출근하는 사람이 되고 싶었다. 따박따박 월급이라는 것을 받고 싶었다. 쉬면서 주말을 보내고 싶었다. 아이들한테 일을 시키고 싶지 않았다.

물론 어린 아들에게 힘든 일을 돕도록 시키는 부모님의 마음도 편치 않았을 것이다. 그럼에도 일이 워낙 바쁘고 일손이 달리다보니 고사리손까지 보태야 했을 것이다. 그렇지만 어린 내가 그것까지 온전히 이해하기는 어려웠다.

이러한 경험 때문에 내가 다른 사람들과 같은 환경에서 일하면서도 출근을 덜 힘들어하는 게 아닌가 싶다. 좋은 일이라고 생각해야 할지 안쓰럽게 여겨야 할지는 잘 모르겠다.

소처럼 일하다

일소가 하는 일은 크게 두 가지다. 하나는 논밭을 갈아엎는 일이다. 봄이 되면 본격적인 농사를 시작하기에 앞서 흙을 뒤집어엎어야 한다. 돌이나 잡초를 제거하고 미리 뿌려둔 거름이 골고루 퍼지게 하고 새로운 작물이 잘 뿌리를 내릴 수 있도록 쟁기로 갈아야 한다. 그 쟁기를 바로 일소가 끈다. 쟁기를 붙잡은 주인의 목소리에 따라서 일소는 땅에 박힌 쟁기를 끌고 앞으로 걸어나간다. 삽으로 흙을 한번 뜨는 것도 쉽지 않은데 땅속 깊은 곳까지 박힌 쟁기를 끌고 앞으로 나아가는 일은 결코 간단치 않다. 봄이라고 해도 땅속 깊은 곳은 얼마쯤 차가운 기운이 돈다. 그래도 소는 주인의 목소리를 따라서 앞으로 앞으로 걸어나간다.

가끔씩 정말 딴딴하게 굳은 땅이나 굳게 박힌 커다란 돌에 쟁기가 걸려서 소가 앞으로 나아가지 못할 때가 있다. 그때는 멈추지 않고 몇 번이나 더 힘을 써서 쟁기를 끌고 앞으로 나아간다. 소는 거친 숨을 몰아쉰다. 아직 차가운 기운이 도는 공기 중으로 소의 입김이 뿜어져나온다. 소의 커다란 배가 부풀었다가 줄어들었다가 한다. 정말 소처럼 일하는 모습이다. 그렇게 일소는 아침부터 저녁까지 쟁기를 끈다. 그렇게 하루가 지난다.

다른 하나는 달구지를 끄는 일이다. 논과 밭에서 농작물을 수확해서 집으로 가져올 때 일소가 끄는 달구지에 실어서 옮긴다. 쌀가마처럼 무거운 짐을 옮기고, 볏짚처럼 덜 무거운 것도 옮긴다. 겨우내 자신이 만들어낸 거름을 논밭으로 나를 때도 일소가 달구지를 끌고서 옮긴다. 논밭을 갈아엎고 집으로 돌아올 때는 하루종일 끌고 다녔던 쟁기를 싣고 사람까지 태우고서 집으로 돌아온다. 달구지 가득 짐을 싣고서 콧김을 씩씩 내뿜으며 오르막길을 오르는 일소를 보자면 저절로 소처럼 일한다는 말이 나올 수밖에 없다.

　일소의 역할은 벌써부터 줄어들었다. 내가 어릴 때 이미 웬만큼 농사를 짓는 집에는 경운기가 있었다. 경운기는 더 빨리 논밭을 갈아엎을 수 있고 더 많은 짐을 옮길 수 있다. 우리집에서는 젊은 아버지가 경운기를 몰고 다니면서 일하고, 할아버지는 소달구지를 끌고 다니면서 경운기가 닿을 수 없는 골짜기나 비탈밭에서 일했다. 경운기를 시작으로 논에 모를 심는 이앙기, 벼를 베서 탈곡까지 한 번에 해내는 콤바인, 경운기보다 더 성능이 뛰어난 트랙터까지 갖가지 농기계가 시골 마을에 출현했다.

　이제 일소의 역할은 거의 없어졌다. 자연히 일소도 줄어들었다. 들판에서 소처럼 일하는 소를 보기가 어려워졌다. 아직 많은 사람이 '소처럼 일한다'라는 말을 심심치 않게 쓰지만 일하는 소가 드물어졌으니 저 말의 실감도 점점 덜해질 것이다.

참을성과 불뚝성

소는 참을성이 강하다. 논밭에서 일하고 달구지를 끌어도 쉽게 지치지 않는다. 지쳤다고 해도 쓰러지지 않는다. 좀처럼 성을 내는 일도 없다. 그저 묵묵하게 일하고 묵묵하게 먹고 묵묵하게 잔다. 그렇지만 한번 성이 나면 좀처럼 막을 수 없다. 워낙에 육중한 무게이고 뿔까지 달려 있으니 사방을 부술 듯이 난동을 피우기도 한다. 소들끼리 싸우다가 다치는 일도 적지 않다. 그러니 소의 성격은 참을성과 불뚝성으로 설명할 수 있겠다.

나는 소를 친근하게 여기며 좋아한다. 하지만 소는 위험하기도 해서 늘 조심한다. 인간관계에서도 소를 닮은 사람을 늘 조심한다. 그들은 평소에는 늘 점잖고 인자하며 과묵하다. 화를 내는 일도 없다. 다른 사람이 농담하거나 장난을 걸어도 여유 있게 받아준다. 하지만 선을 넘는 사람이 있으면 그들은 준엄하게 꾸짖는다. 화를 낸다. 인간관계를 끊어버리기도 한다. 천둥벌거숭이의 입장에서는 갑작스럽지만 소를 닮은 사람의 입장에서는 그저 참을 수 있는 범위를 넘어섰으니 불뚝성으로 대응할 뿐이다.

소를 닮은 사람을 어렵지 않게 찾을 수 있다. 이들은 평소에는 온화하므로 조금만 조심한다면 그들과의 관계가 나빠질 리가 없다. 하지만 그들의 온화함과 참을성을 이용하며 함부로 대한다면 소 뒷발에 차이듯이 되기가 십상이다.

랜선 축사

랜선 집사. 인터넷을 통해서 다른 사람이 고양이와 함께 살아가는 모습을 지켜보는 사람을 일컫는 신조어다. 고양이를 좋아하는 사람이라면 무릇 직접 같이 지내는 게 제일 좋겠지만 여러 사정으로 그게 어렵다면 다른 이가 고양이와 함께 지내는 모습을 꾸준히 지켜보는 것만으로도 얼마쯤은 아쉬움을 달랠 수가 있겠다.

랜선 축사. 내가 만든 말이다. 나는 지금 아파트에서 산다. 도무지 소를 키울 형편이 되지 않는다. 가끔 고향에 가서 소를 만나지만 바쁘다는 핑계로 고향에 자주 가지는 못한다. 그럴 때는 인터넷을 통해 다른 사람이 소를 키우는 모습을 지켜보는 것만으로도 얼마쯤 아쉬운 마음을 달랠 수 있다.

내가 꾸준히 관심을 갖고 생활을 지켜보는 이들이 있다. 한 사람은 소를 키우는 젊은 농부다. 그를 통해서 갓 태어난 송아지와 만난다. 방한복을 입은 채 축사를 뛰어다니는 모습을 본다. 어미소가 눈을 감은 채 여물을 오래 씹는 모습을 본다. 가끔 몸이 좋지 않아서 송아지가 주사 맞는 모습이 보이면 자꾸 마음이 쓰인다. 며칠 뒤에 건강을 되찾은 모습을 보며 안도하기도 한다. 젊은 농부가 아버지에게 배우기도 하고 스스로 연구하며 소를 키우는 모습이 참 멋지다고 생각한다.

소를 키우기 위해서 공부하는 이도 있다. 그를 통해서 소여물 주는 모습도 보고, 축사를 청소하는 모습도 보고, 인공수정 실습 장면도 본다. 동영상으로 요즘 우시장의 모습도 구경한다. 소를 키우는 모습과 과정이 예전과 많이 달라졌구나 생각한다.

소에 관한 정보를 알려주는 이와도 SNS 친구다. 그는 송아지는 언제 젖을 떼야 하는지, 송아지의 배꼽이 부어 있다면 어떻게 해야 하는지, 한 달에 사료 대금은 얼마나 드는지 등 소를 키울 때 필요한 정보를 알려준다. 매주 한우 시세도 소개한다. 나는 소를 살 일도 없고 팔 일도 없는데 괜히 확인하면서 지난주에 비해 올랐는지 내렸는지 살펴보기도 한다.

가끔씩은 유튜브에 들어가서 소 키우는 사람의 방송을 지켜보기도 한다. 그 덕분에 송아지가 태어나는 장면을 고스란히 지켜보고, 요즘 우시장에서는 어떻게 거래가 이루어지는지도 확인한다. 특별한 것도 없이 소들이 나른하게 보내는 오후를 찍은 영상도 있는데 한동안 그걸 물끄러미 보기도 한다. 넓은 축사에 볏짚 뭉치를 던져놓으면 소들이 마구 뛰어다니면서 볏짚을 헤집어놓는 장면도 볼 수 있다. 소들이 장난치듯 볏짚을 잘 펼쳐놓으면 자연스럽게 깔개 역할을 해서 따뜻할 테니 보는 내내 따뜻해지는 기분이다.

여러 기술이 발전하는 덕분에 이렇게 멀리서나마 소가 살아가는 모습을 지켜볼 수 있다. 한편으로는 그 기술의 발전 때문에 사람과 소의 사이가 멀어졌다는 생각도 든다. 모니터 속에서 뛰어노는 송아지들을 한참 바라보고 나면 마음이 오묘해진다.

소튜브

동영상 플랫폼인 유튜브가 대세다. 예전에는 소소하게 궁금한 게 있으면 포털사이트에서 검색했는데 요즘에는 유튜브에서 검색한다고 한다. 사람들이 쉬는 시간에 많이 하는 일 중 하나가 유튜브 시청이고, 유튜브에 영상을 올리는 유튜버가 되는 게 꿈인 어린이도 많다고 한다.

나도 유튜브를 통해 시사 프로그램과 예능 프로그램을 본다. 음악을 듣기도 한다. 그리고 가끔 생각한다. 다들 유튜버를 꿈꾼다는

데 나도 한번 해볼까? 어떤 방송을 만들어서 올려야 재밌을까? 그러다가 나름대로 그럴듯한 아이디어를 떠올렸다. 바로 소튜브다.

소튜브란 이런 것이다. 먼저 소의 뿔 사이에 카메라를 단다. 고삐를 풀어주고 마을을 마음대로 돌아다니도록 둔다. 어떤 소는 풀밭을 찾아가서 한참 동안 식사할 것이고, 어떤 소는 별일 없이 걸어다닐 것이고, 어쩌면 다른 집의 마당에 들어가서 기웃거리는 녀석도 있을 것이다. 당연히 다들 아무데나 똥을 눌 것이다. 그렇게 마음대로 동네를 돌아다니다가 저녁이 되면 가만히 집으로 돌아올 것이다. 그러는 사이에 뿔 사이에 매달아둔 카메라는 소와 같은 눈길로 시골 마을의 풍경을 담아낼 것이다.

소튜브를 하자면 여러 문제를 해결해야 한다. 먼저 마을 어른들의 허락이 필요하다. 눈앞에 불쑥 소가 나타날 수 있고, 소의 머리에 달린 카메라가 어른들의 얼굴을 찍을 수도 있다. 물론 마을 어른들이라면 이런 재미있는 일을 마다하지 않을 것 같다. 사고도 조심해야 한다. 아무리 시골 마을이더라도 차가 심심치 않게 지나가다보니 소가 자유롭게 돌아다니려면 지나는 사람들이 조심하도록 미리 알리고 안내판도 여럿 설치해서 사고를 막아야 한다. 가만히 앉아서 하는 공상이지만 나름 구체적으로 생각해보는 까닭은 소에게 축사를 탈출할 기회를 주고 싶기 때문이다.

어렸을 때는 학교를 오가거나 마을에서 놀다가 소똥을 보는 게 어렵지 않았다. 경운기가 이미 대세였지만 일소를 만나는 일이 드물지 않았고, 달구지를 끄는 소도 여러 마리가 있었다. 하지만 어느 순간부터 일소는 사라졌고, 소가 축사 밖으로 나오는 일이 없어졌다. 자연히 길에서 소똥을 만나는 일은 드물어졌다.

우리집에서든 다른 집에서든 그리 넓지 않은 축사에 갇혀서 살아가는 소가 안쓰럽다. 소는 더이상 노동하지 않는다. 소는 여전히 친근하고 정다운 동물이지만 소를 온종일 가두어두는 건 잘못되었으니 하루에 한 시간씩이라도 산책을 시키자고 농사일로 바

뿐 마을 사람들의 등을 떠밀 수는 없는 노릇이다.

그래서 소튜브를 생각했다. 소는 뿔 사이에 카메라를 매달고 다니는 불편함을 감수한다면 가끔씩이라도 좁고 갑갑한 축사에서 벗어나 마음대로 돌아다니며 콧바람을 쐴 수 있다. 방송을 보는 사람들은 소가 보여주는 풍경을 통해 시골 마을의 계절을 느낄 수 있으니 신선한 즐거움이 될 것이다. 많은 사람이 방송을 본다면 소를 키우는 사람에게 쏠쏠한 수입을 가져다 줄 것이다.

여기까지 생각하고 나니 당장 소튜브를 시작하지 않을 이유가 없어 보인다. 당장 카메라를 사야 할 것 같지만 슬금슬금 한 가지 걱정이 피어난다. 과연 사람들이 소튜브를 볼까? 아무리 유튜브가 대세라지만 도무지 소가 카메라맨이 되어 시골 풍경을 담아내는 방송을 보는 사람이 있을까? 이 대목에서 풀이 팍 죽지만 그래도 소들을 축사에서 탈출시키는 일은 꼭 한번 해보고 싶다. 그게 소튜브든 아니든.

소를 키우시겠습니까?

나는 회사생활이 마음에 든다. 책을 만드는 게 재미있다. 그래서 회사에 오래 다니고 싶다. 그렇지만 다른 한편으로는 회사를 그만두고서 하고 싶은 일을 남몰래 생각해두었다. 바로 소 농장이다. 소를 한번 잘 키워보고 싶다. 여물을 주고 똥도 치우고 수정도 시키고 송아지도 받아보고 싶다. 단순히 소를 잘 키워서 시장에 내다파는 일을 하고 싶지는 않다. 좀 새로운 방식으로 소를 키우고 싶다.

계획은 이렇다. 먼저 널찍한 풀밭을 구한다. 공기 좋고 물 좋은 곳이면 더 훌륭하겠다. 풀밭 한쪽에는 내가 지낼 집과 소가 지낼 축사를 짓는다. 그리고 소를 키우고 싶은 사람들을 모은다. 그들에게 돈을 받아서 소를 사고, 한 달에 얼마씩 비용을 받으면서 소를 키운다.

소마다 이름이 있고 잠자리가 따로 있다. 축사 곳곳에 매달린 여러 대의 카메라는 소들이 살아가는 모습을 생중계한다. 사람들은 언제 어디서나 인터넷으로 접속해서 소들이 어떻게 살아가는지 지켜볼 수 있다.

인터넷뿐만이 아니다. 사람들은 미리 약속을 잡고 농장에 직접 방문한다. 소에게 여물을 준다. 고삐를 붙잡고 소와 함께 산책한다. 송아지가 태어날 때 방문한다면 직접 지켜보며 간단한 일을 돕기도 한다. 만약 소에게 더 많은 애정을 쏟고 싶다면 소똥 치우는 일에 동참한다. 뜻에 따라 소를 우시장에 내다팔기도 해야겠지만 부디 그런 일은 없었으면 좋겠다.

과연 이런 일이 가능하겠나 싶다. 사람들이 과연 동참을 할지 잘 모르겠다. 그럼에도 나는 마음속에 이러한 생각을 품고 살아간다. 언젠가 내가 회사를 그만둔다면 소를 키우기 위해서일 가능성이 크다.

주변 사람과 이런저런 이야기를 나누다가 소 농장에 관한 꿈을 여러 번 말했다. 어떤 사람들은 농담으로 받아들이면서 웃었고, 누구는 사업성이 별로 없어 보인다고 걱정했다. 아주 적지만 만약 그런 사업이 시작된다면 자기도 소를 한 마리 키우고 싶다고 이야기한 사람도 있고, 심지어 자기는 미리 약속을 하겠으니 나중에 꼭 연락을 달라는 사람도 있었다. 그들은 잊었을지 모르지만 나는 분명하게 기억하고 있다. 나중에 그들이 꼭 약속을 지켜주리라 내심 기대하고 있다.

눈망울을 바라보다

지금도 고향집 축사에 소 여러 마리가 살고 있다. 가끔 고향집에 가면 아버지 대신 여물을 준다. 사료를 담은 수레를 끌고 다니면서 한 바가지씩 사료를 퍼서 여물통에 부어준다. 잘게 썰린 지푸라기를 삼태기에 담아서 여물통에 부어준다. 그리고 수도 호스를 끌고 다니면서 물통에 물을 받아준다.

물통에 물을 받는 동안 물끄러미 소를 바라본다. 뿔의 모양도 살피고 콧구멍도 살피지만 무엇보다도 소의 눈망울을 오래 가만히 바라보기 마련이다. 소의 눈은 수정구슬처럼 영롱한 기운이 있다. 가만히 들여다보면 어떤 질문이든 답을 얻을 수 있을 것만 같다.

이 축사에서 태어나서 살아가는 마음은 어떠니? 들판이라는 것을 아니? 마른풀이 아니라 푸른색 풀이 무성하게 자라는 풀밭으로 가고 싶지 않니? 너희는 언제부터 가축이 되었니? 사람에게 길들여진 조상이 원망스럽지 않니?

내 이야기도 건넨다. 나는 이 집에서 태어났단다. 이 축사가 지어질 때 구경을 했단다. 예전에는 사람의 일을 돕는 소가 있어 함께 논밭으로 일하러 다녔단다. 소가 쟁기를 끌고 밭을 갈았단다. 달구지를 끌기도 했단다. 이제 기계가 대신하는 바람에 일하는 소는 거의 없단다. 나는 가끔 이곳에 오는데 사는 곳은 아주 멀단다. 떠난 지는 30년쯤 되었단다. 내 어린 시절에 여물을 주었던 소가 송아지를 낳고, 그 송아지가 자라서 또 송아지를 낳고, 그 송아지가 자라서 또 송아지를 낳았을 거야. 그사이에 소년은 이렇게 어른이 되었단다.

소는 가만히 바라볼 뿐이다. 소의 눈을 가만히 들여다보면 내 앞날도 보이는 것 같다. 그래, 너희를 만나러 올 때마다 나는 나이가 들겠지. 주름이 생기고 흰머리가 늘겠지. 머리숱도 차츰 줄겠지. 삼태기에 지푸라기를 담는 일은 그리 힘겹지 않겠지. 하지만 25킬로그램짜리 사료 포대를 번쩍 드는 일은 점점 힘들어지겠지. 그사이에 너희는 송아지를 낳기도 하고, 이 축사에서 멀리 떠나기도 하겠지. 그래, 언젠가는 이 축사도 없어질 것이고, 나도 없어지겠지……

고향집에서 소의 눈망울을 바라보며 상념에 빠지노라면 소들은 그럴듯한 조언을 하는 대신에 철푸덕철푸덕 똥을 싼다. 나는 고무장화를 신고 축사 안으로 들어간다. 하루 동안 쌓인 소똥을 치우러 간다.

하루

소는

이제 소처럼 일하지 않고

소일하며 지낸다

여물 먹고

물 마시고

먼산 바라보며

성실하게 골몰한다

삶이란 무엇인가

우주란 무엇인가

인간이란 무엇인가

나는 무엇인가

아침부터 저녁까지
깊고 우멍한 눈으로
곱씹고 또 곱씹는다

소 문 을 │ 닫 다

소에게 전하는 미안함

이 책을 준비하면서 외양간에서 살아가던 소의 눈망울을 떠올렸습니다. 새로 지은 축사에서 뛰어다니는 소의 숨결을 떠올렸습니다. 송아지처럼 소 곁에서 자라던 제 모습을 떠올렸고, 가족의 얼굴을 자주 생각했습니다.

중학생일 때 읍내로 이사하면서 멀어지게 된 까닭에 소와 함께 한 추억은 대개가 그 이전에 있었던 일입니다. 추억을 되새기다보니 자연스럽게 어린 시절을 찬찬히 들여다보게 되었습니다. 가끔씩 어렴풋하게만 떠올렸던 그때를 차근차근 되짚으며 글로 옮기다 보니 제가 어떻게 살아왔는지 더 자세하고 분명하게 알 수 있었습니다. 생각지 못한 수확이었습니다.

아쉬운 점도 있었습니다. 무엇보다도 과연 제가 쓰는 글이 저 혹은 인간 중심적이지는 않을까 걱정되었습니다. 소와 대화를 나눌 수 없으니 그저 스스로 질문하고 대답할 수밖에 없었습니다. 제가 고마워하고 그리워하는 소가 과연 어떤 생각을 하는지, 소가 과연 저를 어떤 눈빛으로 바라볼 것인지 생각했습니다. 어쩌면 자신을 좁은 공간에 가둔 채 괴롭히고 사육하고 착취하는 대상으로 저를 바라보지 않을까 걱정스럽기도 했습니다. 뼈아프게도 그것은 충분히 가능한 걱정이었습니다.

소가 과연 어떤 생각을 하는지 궁금하기만 할 뿐 짐작하기도 어렵습니다. 그저 제가 소에게 미안해하고 고마워하고 그리워한다는 마음만은 진심이라고 이야기할 수 있을 뿐입니다.

살아오면서 소에게 많은 빚을 졌습니다. 큰 도움을 받았습니다. 소가 저를 태우고 여기에 왔다고 말하고 싶지만 그것은 너무 서정적입니다. 저는 소의 피와 뼈를 밟고 여기에 왔습니다. 이것이 진실에 가깝습니다.

물론 소가 제게 진 빚은 없습니다. 저는 지금까지 소에게 진 빚을 갚지 못했고, 앞으로도 갚지 못하리라는 게 뼈아픕니다. 다만 얼마쯤은 갚을 수 있기를 바랄 뿐입니다. 미처 소에게 갚지 못한 빚은 다른 존재에게 갚을 수 있기를 바랄 뿐입니다.

덧붙여서 이 책을 출간하게 된 과정도 밝혀둡니다. 우연한 자리에서 농담 삼아 소와 얽힌 어린 시절의 추억을 이야기했습니다. 그런데 그 자리에 함께 앉아 있던 한 사람에게서 나중에 연락이 왔습니다. 소와 관련한 산문집을 내는 게 어떻겠느냐고. 바로 김민정 시인입니다.

"누나, 누가 30년 전에 소 키우던 이야기를 읽을까요? 재미없을 것 같은데."

"야, 우리가 시 쓸 때 누가 재밌게 읽을 줄 알고 쓰냐? 그냥 쓰지. 솔직히 나는 니 시보다 니 산문이 더 재밌어."

그렇습니다. 우리가 언제부터 많은 사람이 읽어줄 거라고 믿고 책을 냈나, 그저 몇 사람이라도 읽어주면 감사하지, 이런 마음으로 썼습니다. 그럼에도 많은 사람에게 닿았으면 하는 바람을 버리지는 못하겠습니다. 기묘하고도 유쾌한 격려 덕분에 이 산문집을 냅니다. 감사합니다.

소에 관한 산문을 쓰기로 약속하고 나서도 제가 한 권의 책으로 묶일 만큼 소 이야기를 쓸 수 있을지 확신하지 못했습니다. 하지만 '이야기'가 자꾸 떠올랐습니다. 제가 만약 어떤 사람에 대해서 한 권의 책을 쓰겠다 마음먹는다면 과연 몇 사람에 대해서 이야기할 수 있을까 생각해보았습니다. 그리 많지 않을 것입니다.

마지막으로 한마디 덧붙이자면 어린 시절의 기억이 과연 맞는지 확신할 수 없을 때는 고향의 어머니 아버지에게 자주 전화를 걸었습니다. 전보다는 훨씬 자주 통화했고, 통화를 할 때마다 한참 이야기를 나누었습니다. 돌아보니 큰 즐거움이었습니다.

2021년 흰 소의 해

유병록

그립소

ⓒ유병록 2021

초판 1쇄 인쇄 2021년 6월 29일
초판 1쇄 발행 2021년 7월 7일

지은이 유병록
펴낸이 김민정
편집 유성원 김동휘 송원경 김필균
디자인 한혜진
마케팅 정민호 김도윤
홍보 김희숙 김상만 함유지 김현지 이소정 이미희 박지원
제작 강신은 김동욱 임현식
제작처 한영문화사
펴낸곳 난다
출판등록 2016년 8월 25일 제406-2016-000108호
주소 10881 경기도 파주시 회동길 210
전자우편 nandatoogo@gmail.com **트위터** @blackinana **인스타그램** @nandaisart
문의전화 031-955-8865(편집) 031-955-2696(마케팅) **팩스** 031-955-8855

ISBN 979-11-88862-96-2 03810